MATS & MILAD

EVA ROTTMANN, geb. 1983 in Wertheim, lebt mit ihren Kindern in Zürich, schreibt Theaterstücke und Prosa, entwickelt eigene Performance- und Theaterprojekte, arbeitet als Literaturvermittlerin in Schulklassen und als Lehrbeauftragte an der Zürcher Hochschule der Künste. Für ihre Arbeit wurde sie mehrfach ausgezeichnet, zuletzt war sie mit ihrem Klassenzimmerstück *Die Eisbärin* für den KinderStückePreis der Mühlheimer Theatertage nominiert.

Ein verlagsneues Buch kostet in ganz Deutschland und Österreich jeweils dasselbe. Das liegt an der gesetzlichen Buchpreisbindung, die dafür sorgt, dass die kulturelle Vielfalt erhalten und für die Leser bezahlbar bleibt. Also: Egal ob im Internet, in der Großbuchhandlung, beim lokalen Buchhändler, im Dorf oder in der Stadt – überall bekommen Sie Ihre verlagsneuen Bücher zum selben Preis.

Druck und Bindung: Livonia Print
Printed in Latvia

MIX
Papier aus verantwortungsvollen Quellen
FSC® C002795

ISBN 978-3-96428-096-1
www.jacobystuart.de

Eva Rottmann

MATS & MILAD

ODER: NACHRICHTEN VOM ARSCH DER WELT

Verlagshaus Jacoby & Stuart

1

Ich rette ein Leben oder: In der vierten Sekunde beginnt die Vergangenheit

Wenn ich daran zurückdenke, wie alles angefangen hat, dann fällt mir als Erstes der Himmel ein. Stahlblau wie die Adria im August. Ein Schwimmhimmel. Die Luft war warm und roch beinahe wie im Frühling. Es war spät im Jahr, mit so einem Tag hatte niemand mehr gerechnet. Die Leute aus meiner Schule gingen im T-Shirt in die große Pause, und alle hatten gute Laune. Es war ekelhaft. Ich lief über den Pausenplatz, ohne jemanden anzugucken, und zerrte mein Fahrrad aus dem Fahrradständer. Wenn dein Leben im Arsch ist, kann der Himmel so blau sein, wie er will, das ändert überhaupt nichts.

Als ich den Berg vor unserer Schule hinunterfuhr, senkte sich gerade die Eisenbahnschranke. Ich bremste ab, um den Zug abzuwarten. In meinen Kopfhörern schrammelte eine von Babas Punkbands. Wenn schon schlechte Laune, dann wenigstens richtig, meine Meinung. Wütend trommelte ich den Takt auf meinem Fahrradlenker mit und guckte die Bahntrasse entlang.

Und dann sah ich ihn.

Er war etwa in meinem Alter, schwarze Locken, ziemlich gutaussehend. Und er stand mitten auf dem Gleis. Stand einfach da, die Hände in den Hosentaschen vergraben, die Augen geschlossen, als würde er eine Pause machen und die Sonne genießen, die so herrlich warm auf ihn herunterschien.

»Hey!«, brüllte ich. »Bist du bescheuert?«

Der Junge öffnete die Augen und sah mich an. Es war ein vollkommen ruhiger Blick. Er sah mich an. Sah mich an. Sah mich an. Die Gegenwart, hab ich mal gelesen, dauert etwa drei Sekunden. Was jetzt ist, erlebt man nur drei Sekunden lang. Darum gucken sich die meisten Leute auch nicht länger als drei Sekunden in die Augen. Alles, was darüber hinausgeht, bedeutet eine Geschichte. In der vierten Sekunde beginnt die Vergangenheit.

»Du stehst mitten auf dem Gleis!«, schrie ich. »Der Zug kommt gleich!«

Der Junge lächelte. Aber er machte keine Anstalten, sich zu bewegen.

An das, was danach passierte, habe ich keine klare Erinnerung. Mit Denken hatte das nichts mehr zu tun. Weil, wenn ich nur eine Sekunde lang darüber nachgedacht hätte, wäre ich viel zu feige dafür gewesen. Es muss ungefähr so abgelaufen sein: Ich hab mein Fahrrad auf die Straße geschmissen, bin über die Schranke geklettert oder darunter durchgetaucht und zu dem Jungen gerannt, der wild mit den Armen fuchtelte und irgendwas brüllte. Dann: das hohe, langgezogene Pfeifsignal des Zugs, der Junge rennt mir entgegen, packt mich am Arm und reißt mich zur Seite, wir kugeln vier, fünf Meter die steile Böschung neben der Bahntrasse nach unten, hinter uns donnert der Zug vorbei, und ich weiß noch, wie mir auffiel, dass der Fahrtwind erst kurze Zeit nach dem Zug durch das Gebüsch pfiff, und wie ich daran dachte, dass dieses Phänomen mich als Kind wahnsinnig fasziniert hat.

Dann war es still. Einen Augenblick lagen wir einfach so nebeneinander. Der Atem pumpte durch meine Brust. Der Junge neben mir atmete ebenfalls schwer. Und dann tat er etwas, das mich endgültig aus der Fassung brachte. Er fing an zu lachen.

»Bist du total bescheuert?«, brüllte ich ihn an und sprang auf.

Der Junge stellte sich, immer noch lachend und ein bisschen umständlich, auf seine Füße. Er sah, aus der Nähe betrachtet, noch viel besser aus, als ich vermutet hatte. Allerdings war er ein bisschen kleiner als ich. Und wahrscheinlich vollkommen gestört.

»Du hast doch den Arsch offen«, sagte ich. Dann drehte ich mich um und lief davon.

Ich hatte gerade den Bahnübergang überquert und mich auf meinen Fahrradsattel geschwungen, da hörte ich ihn rufen. Ich drehte mich im Fahren zu ihm um und zeigte ihm den Mittelfinger.

Er stand mitten auf der Straße und hielt meinen Turnbeutel in die Luft, den ich blöderweise neben der Schranke hatte liegen lassen. Ich schleuderte mein Fahrrad herum und fuhr zurück.

»Gib her«, sagte ich.

Der Junge zog meinen Turnbeutel an seine Brust. »Nö.«

»Was soll der Scheiß? Gib mir meinen Turnbeutel, du Arsch.«

Er streckte seine rechte Hand aus, während er mit der linken noch immer meinen Turnbeutel umklammerte.

»Fünfzig Euro«, sagte er und grinste dabei. Er sah wirklich gut aus. Was er wohl auch wusste.

»Witzig«, antwortete ich. »Gib jetzt her, du hast deinen Spaß gehabt.« Ich riss ihm den Turnbeutel aus der Hand und klemmte ihn mit wütenden Griffen unter meinen Gepäckträger.

Der Junge sah mir dabei zu. Plötzlich zeigte er auf mein rechtes Bein und sagte: »O shit, dein Knie.«

Ich guckte nach unten und sah, dass ich mir bei dem Sturz in die Böschung ein Loch in die Hose gerissen hatte. Das Knie darunter war leicht geschürft und blutete ein bisschen.

»Autsch«, sagte der Junge und verzog sein Gesicht, als hätte er selbst Schmerzen.

»Ja, autsch!«, schrie ich ihn an. »Aber immer noch besser, als von einem Zug überfahren zu werden.«

Und dann fing ich an zu heulen. Ich hatte das nicht vorgehabt, es ärgerte mich. Aber ich konnte nicht mehr aufhören. Der Junge sah mich an. Dann nahm er mich an den Schultern und dirigierte mich sanft zum Bordstein hinüber.

»Was soll denn das?«, wollte ich sagen, aber ich kriegte nur ein Schluchzen heraus.

Der Zug. Die kreischenden Bremsen. Der starke Windstoß, als der Zug hinter uns vorbeigerauscht war. Atmen, Mathilda. Eins nach dem anderen.

2

Madame Pompadour badet in Milch oder: Alex, die Todesspinne

In gewisser Weise habe ich es Alex zu verdanken, dass ich Milad überhaupt kennenlernte. Was irgendwie lustig ist. Weil das ganz bestimmt nicht ihre Absicht gewesen war. Im Gegenteil. Alex war sowas wie meine persönliche Todesspinne. Sie dachte sich ständig Dinge aus, die mich daran erinnerten, wie traurig und einsam und beschissen mein Leben war. Ich glaube wirklich, das war ihr Hobby. An jenem Tag, knapp 45 Minuten bevor ich Milad kennenlernen sollte, hatte sie mir Milch in den Turnbeutel geschüttet.

Wir hatten gerade Deutsch bei Frau Brödermann. Gedichtinterpretation, ungefähr die schlimmste Folter, die man einer neunten Klasse antun kann. Außer Carina Lesch passte niemand auf. Melek Yilmazer hörte heimlich Musik, Sven Hofer und David spielten Hangman, andere tippten unter der Bank auf ihren Handys herum. Plötzlich flog mein Turnbeutel durch die Luft und platschte neben das Lehrerpult. Die Brödermann, die gerade etwas an die Tafel geschrieben hatte, drehte sich um und hob den Turnbeutel hoch. Die Milch tropfte auf den Boden und bildete eine Pfütze neben dem Lehrerpult.

»Wer war das?«, fragte die Brödermann.

Alle hatten gesehen, dass Alex den Turnbeutel nach vorne geworfen hatte. Und es war auch völlig klar, dass sie die Milch hineingeschüttet hatte. Ihre Mutter gab ihr jeden Tag einen halben Liter Milch mit in die Schule. Weil sie Calciummangel hatte oder sowas. Aber aus der Klasse war ganz bestimmt niemand so blöd, Alex zu verpfeifen. Nur Melek Yilmazer meldete sich und sagte: »Ich tippe mal auf Alexandra.«

»Genau«, sagte Alex. »Als würdest du hier irgendwas mitkriegen, wenn du die ganze Zeit aus dem Fenster glotzt und heimlich deine Zombiemucke hörst.«

»Du hörst Musik im Unterricht?«, sagte die Brödermann. »Sofort Handy abgeben, Melek. Und nach der Stunde will ich noch kurz mit dir reden.«

Widerwillig stand Melek auf und legte ihr Handy und die Kopfhörer vorne auf das Lehrerpult. Alex guckte zu mir herüber, und für einen Moment zog ein wirklich fieses Lächeln über ihr Gesicht. Ich sah aus dem Fenster und fing an, innerlich bis hundert, zu zählen. Den Trick hatte Omi mir verraten: Zähl bis hundert und wenn es dann immer noch nicht vorbei ist, dann darfst du heulen, aber erst dann. Und es funktionierte, meistens wurde es spätestens ab sechzig besser. Omi verstand was davon, sie hatte es, als sie jung war, glaube ich auch nicht gerade leicht gehabt, wegen Großmutter Lisa und dem Gerede in ihrem Dorf und all den Sachen. Baba sagte immer nur: »Du musst da drüberstehen. Steh doch einfach drüber.« Aber am Arsch. Wie sollte man denn drüberstehen, wenn man mitten drin war?

»Also, wer war das?«, fragte die Brödermann noch einmal. Aber natürlich bekam sie keine Antwort. »Na schön, könnt ihr mir dann wenigstens sagen, wem dieser Turnbeutel gehört?«

Ich hob meine Hand.

»Gut, Mathilda«, sagte die Brödermann. »Ich entschuldige mich im Namen der Klasse bei dir für diese Sauerei. Du darfst nach der Stunde nach Hause gehen. So kannst du ja nicht am Sportunterricht teilnehmen.«

»O Mann, du Glückliche«, flüsterte Melek Yilmazer.

Ich antwortete nicht, aber auf den Sportunterricht konnte ich tatsächlich ganz gut verzichten. Vor allem, weil dort im Moment Rhythmische Sportgymnastik auf dem Plan stand.

»Die Königsdisziplin, die Koordination, Beweglichkeit und Eleganz trainiert.« O-Ton Frau Feldmeyer, genannt Feldmarschall, ihres Zeichens Sportlehrerin und wahrscheinlich meistgehasste Lehrerin der ganzen Schule. Die Einzige aus unserer Klasse, die sich in Rhythmische Sportgymnastik nicht komplett zum Schnuller machte, war natürlich Alex.

»Guckt euch das an!«, schrie die Feldmarschall jedes Mal begeistert, wenn Alex über die langen pissgelben Bodenmatten schwebte, auf denen man sich ziemlich fies die Haut aufschürfte, wenn man nicht aufpasste. »So muss das aussehen!«

Schon klar. Jemand wie Alex könnte auch in einem Pandakostüm herumhüpfen und eine Klobürste schwenken, den Leuten würde trotzdem einer abgehen. Mir muss niemand erzählen, dass es auf die inneren Werte ankommt. Irgendwo hab ich mal gelesen, dass gut aussehende Menschen es im Leben immer leichter haben. Sehr hübsche Kinder bekommen zum Beispiel in der Schule die besseren Noten. Auch wenn sie gleich gut oder sogar schlechter sind als die nicht so hübschen Kinder in ihrer Klasse. So läuft das. Das hab ich schon lange durchschaut. Aber komm damit mal jemandem wie der Feldmarschall. Die würde sich einen Ast lachen und sagen: »Interessanter Versuch, Madame Pompadour.«

So nennt mich die Feldmarschall manchmal. Sie sagt ständig solche Sachen zu uns, ich glaube sie kennt unsere richtigen Namen überhaupt nicht. Melek Yilmazer zum Beispiel heißt bei ihr immer Trantüte. Nur Alex ist einfach Alexandra. Oder Alexandra-Schatz.

Madame Pompadour war eine Mätresse von Louis XV. Also sowas wie die persönliche Prostituierte des französischen Königs. Keine Ahnung, was das mit mir zu tun hat. Ich hab noch nie in meinem Leben mit jemandem geschlafen. Also gut, mittlerweile schon. Oder zumindest so gut wie. Aber dazu komme ich noch.

Jedenfalls, wenn die Brödermann mich an diesem Tag nicht nach Hause geschickt hätte, dann wäre alles ganz anders gekommen. Dann hätte ich versucht, einen Gummiball grazil in die Luft zu werfen, während Milad am Bahnübergang auf den Gleisen stand. Und dann hätten wir uns vielleicht nie kennengelernt. Und darum bin ich Alex sogar irgendwie dankbar, dass sie mir die Milch in den Turnbeutel geschüttet hat. Aber ich würde mir eher die Zunge abbeißen, als ihr das zu sagen.

3

Ob-La-Di, Ob-La-Da
oder: Willkommen am Arsch der Welt

Drei Monate zuvor war ich mit Baba in diese Kleinstadt gezogen. Dreieinhalb Monate, um genau zu sein, hundertsieben Tage, um noch genauer zu sein. Und präzise gesprochen waren wir auch nicht in die Stadt gezogen, sondern in ein kleines Dorf knapp zwei Kilometer von der Stadt entfernt.

»Hallo Bullerbü«, hatte Baba gesagt, als sie den Umzugswagen vor unserem Haus geparkt hatte. Wir waren eine Weile in dem LKW sitzengeblieben und hatten durch das geöffnete Seitenfenster unser neues Zuhause betrachtet. Ich kannte das Haus von meinen früheren Besuchen bei Omi. Es hatte immer schon dort gestanden, wahrscheinlich schon lange bevor ich oder Baba oder sogar Omi geboren worden waren. Es war ein einfaches altes Bauernhaus, mit kleinen niedlichen Fenstern. Im Garten wuchs eine Birke, deren Blätter leise im Sommerwind raschelten. Weiter hinten in der Straße spielten ein paar Kinder, irgendwo bellte ein Hund. Sonst war es vollkommen still. Ende Gelände, Bullerbü, Arsch der Welt.

An meinem ersten Abend lief ich alleine durch das Dorf und versuchte, mich mit dem Gedanken anzufreunden, dass ich von nun an hier leben würde. Das Dorf war kleiner, als ich es in Erinnerung gehabt hatte. Vierhundert Einwohner. Drei

Bauernhöfe (davon nur noch einer in Betrieb). Eine Kapelle. Ein Sportplatz mit Festsaal (das sogenannte Sportheim). Zwei Zigarettenautomaten. Ein Kaugummiautomat. Eine Bushaltestelle.

Mittwochs und samstags kam der Klingelbäcker. Er fuhr hupend in jede Straße, klappte die Ladefläche seines kleinen Transportes herunter und wartete auf die Dorfbewohner, die in Hausschuhen und Bademantel auf die Straße schlurften, um ihre mitgebrachten Jutebeutel mit Streuselschnecken, Mohnkränzen und Roggenbrot zu füllen. Für alle anderen Einkäufe musste man in die Stadt fahren.

Ich spazierte durch die Straßen und Gassen in den oberen Teil des Dorfes. Das Dorf lag in einem Tal und zog sich an einer Seite des Flusses hangaufwärts Richtung Wald. Während unten am Fluss, wo wir wohnten, vor allem alte Häuser standen, schöne Sandsteingebäude und Fachwerkhäuser, mit ausgetretenen Treppenabsätzen und schlecht gepflasterten Innenhöfen, hatten sich im oberen Teil des Dorfes scheinbar erst viel später Menschen angesiedelt. Die Häuser waren moderner und größer, manche waren in knalligen Farben gestrichen.

Der Sportplatz und das Sportheim lagen ganz oben im Dorf. Man kann ohne Übertreibung sagen, dass es sich hierbei um das Herzstück des Dorfes handelte. Das Epizentrum der Langeweile, sozusagen. Wenn im Dorf etwas los war, dann dort. Auch an diesem Abend hatten sich die wenigen Jugendlichen, die im Dorf lebten, vor dem Sportheim zusammengefunden. Ich konnte sie schon von Weitem sehen. Vielmehr, ich hörte sie, bevor ich sie sah. Über einen Bluetooth-Lautsprecher beschallten sie das Dorf mit schlechtem Deutschrap.

Leute, die nicht schüchtern sind, verstehen vielleicht nicht, warum ich von der Hauptstraße abbog und mich über Umwege in den Wald schlich, um die Jugendlichen von dort aus zu beobachten. Natürlich hätte ich einfach zu ihnen gehen und sagen können: »Hi, ich bin Mathilda, ich bin heute hierhergezogen, was geht ab?«

Und dann hätten sie vielleicht gesagt: »Setz dich, nimm dir ein Bier.«

Und dann wäre diese Sache, die dann passierte, nie passiert, und ich wäre am ersten Schultag in die Schule gegangen, und die Brödermann hätte gesagt: »Das ist Mathilda, sie kommt aus Berlin.«

Und Alex hätte nicht: »Die Spannerin!« gerufen, sondern: »Geil, Berlin!«, und alle hätten mit mir befreundet sein wollen, weil es schick ist, mit einer befreundet zu sein, die aus Berlin kommt. Es hätte alles so einfach sein können. Aber ich bin ich. Nichts ist einfach mit mir.

Es waren etwa zehn Jungs auf dem Sportplatz, ungefähr in meinem Alter. Offenbar feierten sie einen Geburtstag, denn sie ließen den Korken einer Sektflasche knallen, und dann krächzten sie stimmbruchschief ein Geburtstagslied. Für David, soweit ich das verstand. Ich wusste zu diesem Zeitpunkt natürlich noch nicht, dass er in meine Klasse gehen würde. Ich sah einen blonden großen Jungen, dessen Bewegungen selbstsicher und lässig waren. Und obwohl ich aus der Entfernung sein Gesicht nicht sehen konnte, war ich mir ziemlich sicher, dass er gut aussah. Ein Mädchenschwarm.

Außer David fiel mir noch ein weiterer Junge auf. Er wirkte älter als die anderen, vielleicht achtzehn oder neunzehn Jahre alt. Er lachte sehr laut und fuhr sich ständig mit der Hand über den fast kahlrasierten Schädel, das schien eine

Art Tick von ihm zu sein. Plötzlich fuhr ein Auto die Hauptstraße nach oben und hielt vor dem Sportplatz. Vier ziemlich hübsche Mädchen in ziemlich kurzen Kleidern stiegen aus.

»Ich hol euch in drei Stunden wieder ab, okay, Alexandra?«, rief eine Frau aus dem Seitenfenster. »Und nicht so viel trinken!«

Die Mädchen winkten synchron zum Abschied, als hätten sie es einstudiert. Das war das erste Mal, dass ich Alex und ihre Freundinnen sah.

Danach passierte erst mal nichts Besonderes mehr, die Jugendlichen saßen einfach nur herum und redeten und tranken Sekt. Ich hatte gerade beschlossen, dass ich nach Hause gehen würde, da standen Alex und der Kahlrasierte plötzlich auf und liefen hangaufwärts Richtung Wald. Mein Herz setzte für ungefähr zwei Sekunden aus, zum Weglaufen war es zu spät, sie hätten mich auf jeden Fall gesehen.

»Aber nicht gucken«, kicherte Alex, als sie den Waldrand fast erreicht hatten.

»Ehrensache«, hörte ich den Kahlrasierten sagen. Er blieb auf der Wiese stehen, drehte sich zum Sportplatz und zündete sich eine Zigarette an. Alex lief weiter hangaufwärts. Direkt auf mich zu. Der Wald zog sich über die ganze Länge des Sportplatzes und darüber hinaus. Aber sie hatte sich zum Pinkeln ausgerechnet die Büsche ausgesucht, hinter denen ich saß. Ich hörte, wie ihre Klamotten raschelten. Sie war so nahe, ich hätte nur meine Hand ausstrecken müssen, um sie zu berühren.

Sie kicherte leise, dann plätscherte es. Ich traute mich nicht zu atmen.

»Bist du bald fertig?«, rief der Kahlrasierte.

»Eine Sekunde.«

Sie stand auf und lief zurück auf die Wiese. Sie hatte mich nicht gesehen. Es grenzte an ein Wunder, aber sie hatte mich nicht gesehen.

Und dann klingelte mein Handy.

Es war wie in einem Albtraum. Klar und deutlich schallte die Beatles-Melodie in die Nacht, die ich als Rufton eingestellt hatte. *Ob-la-di, Ob-la-da, life goes on, brah.* Einen Augenblick lang schien die Zeit stillzustehen. *La-la, how the life goes on.*

4

Wir sind nochmal davongekommen oder: Jemand nennt mich bei meinem Namen

Wenn man erst einmal richtig angefangen hat zu heulen, dann hat man das Gefühl, man kann nie wieder aufhören. Wo sind all die Tränen, wenn man nicht weint? Gibt es irgendwo im Körper einen Tränensee, der darauf wartet, dass die Schleuse geöffnet wird und er ins Freie sprudeln kann? Einen dunklen tiefen Tränensee, irgendwo zwischen Lunge und Herz, in dem sich all die wirklich wichtigen Dinge sammeln, die traurigen und die schönen und die, die einen wütend machen? Bis er irgendwann so voll ist, dass das Wasser über das Ufer schwappt?

Milad, von dem ich zu diesem Zeitpunkt noch gar nicht wusste, dass er so hieß, saß neben mir und sah mich an. Dann holte er ein zerknittertes, offensichtlich bereits benutztes Taschentuch aus seiner Hosentasche. Ich nahm es ihm aus der Hand und putzte mir damit die Nase, es war eh schon alles egal.

»Warum hast du das gemacht?«, sagte ich und sah ihn fragend an.

Er zuckte die Schultern. »Ist doch gar nichts passiert.«

»Nee, stimmt«, sagte ich. »Was war nochmal? Ach ja, wir sind fast von einem Zug überfahren worden. Sonst ist eigentlich nichts Besonderes passiert.« Bei den letzten Worten überschlug sich meine Stimme, und ich fing schon wieder an zu heulen.

Milad seufzte. »Ich hab dich nicht darum gebeten, auf das Gleis zu rennen, oder?«

»Was genau hätte ich denn machen sollen?«, schrie ich. »Einfach dabei zugucken, wie du dich umbringst?«

»Spinnst du? Ich wollte mich doch nicht umbringen!«, sagte er und sah mich erschrocken an.

»Ich wär schon rechtzeitig zur Seite gegangen. Bin ich ja auch«, fügte er hinzu und grinste. Seine Zähne waren so weiß wie in einer Zahnpastawerbung, aber darauf fiel ich nicht herein.

»Du hast einen Vollschaden. Hat dir das schon mal jemand gesagt?«

Milad lachte, legte sich mit dem Rücken auf den Bordstein und verschränkte die Arme hinter dem Kopf. »Ich wollte einfach wissen, wie das ist.«

»Wie was ist?«

»Das Gefühl. Danach. Jetzt. Wenn man wieder mal so richtig merkt, dass man lebt.«

»Du hast einen Vollschaden«, wiederholte ich.

»Ja, vielleicht hast du recht«, sagte er und schloss die Augen. »Es ist trotzdem schön.«

Die Eisenbahnschranke senkte sich. Kurze Zeit später rauschte ein Zug vorbei, und alles in meinem Körper zog sich zusammen. Was wäre wenn? Kreischende Bremsen, Knochen, die brachen, Schädel, die zerschmettert wurden. Wie schnell alles vorbei sein konnte, endgültig und ohne die Möglichkeit, es zurückzudrehen, nur eine Sekunde von jetzt an.

Wieso ist es so schwer, sich das vorzustellen?

Wieso hält man sich die meiste Zeit über für unsterblich, wenn man doch eigentlich ganz genau weiß, dass man es nicht ist?

Ich sah dem Zug hinterher, wie er über die Schienen der Bahntrasse davonratterte, und ich dachte, wer weiß, wie oft sich schon Verzweifelte in seinen Weg gestellt hatten, hinter Tunneln, auf verlassenen Bahnstrecken, wo keiner sie davon hatte abhalten können. *Wir sind noch einmal davongekommen* – in Berlin hatte ich mal das Plakat von einem Theaterstück gesehen, das so hieß. Ich weiß nicht, worum es darin geht, aber genau das war es, was ich in diesem Moment fühlte, so deutlich fühlte, dass es im ganzen Körper kribbelte. Wir sind nochmal davongekommen. Die Sonne schien, als hätte sie sich in der Jahreszeit verirrt, und hier waren wir, an einem Dezembertag, auf dem Bordstein neben der Bahntrasse. Und plötzlich wusste ich, was Milad gemeint hatte. Wir waren am Leben. Wir waren tatsächlich am Leben. Ich steckte das vollgeheulte Taschentuch in meine Hosentasche, legte mich neben ihn auf den Bordstein und sah hinauf in den Himmel, der jetzt noch viel blauer war als vorher, so übertrieben blau, dass es an Angeberei grenzte.

»Ich heiße übrigens Mathilda.«

Er drehte den Kopf zu mir und guckte mich an. »Mathilda?«

»Oder Mats. Du kannst mich auch Mats nennen.« Ich weiß nicht, warum ich das sagte. So unterschrieb ich die Eintragungen in meinem Tagebuch. Im wirklichen Leben hatte mich noch nie jemand Mats genannt. Nicht einmal meine Eltern. Ich hatte mir schon oft gewünscht, dass es mal jemandem auffiel, dass Mats der beste Spitzname war, den man aus Mathilda machen konnte. Aber es kam niemandem in den Sinn. Ich hatte überhaupt keinen Spitznamen. Nur Omi nannte mich manchmal Tilli. Und das hätte sie sich auch sparen können, so will ja niemand heißen.

»Mats«, sagte er und nickte. »Das passt besser.«

Er hob seine Hand und hielt sie mir hin. »Milad. Freut mich.«

Es ist gar nicht so einfach, sich Hände zu schütteln, wenn man nebeneinander liegt; wir verdrehten unsere Hände und fingen an zu kichern.

Ein alter Mann fuhr auf einem klapprigen Damenrad vorbei und rief: »Habt ihr kein Zuhause?«

An seinem Gepäckträger baumelte eine Gießkanne und schepperte gegen die Radspeichen. Wir guckten ihm nach, und dann prusteten wir richtig los. Der alte Mann hob einen Arm und drohte uns mit der Faust, was sein Fahrrad gefährlich zum Schlingern brachte, und darüber mussten wir noch viel mehr lachen. Wir lagen auf dem Bordstein und lachten so sehr, dass wir uns fast in die Hosen pinkelten. Keine Ahnung, was so dermaßen lustig war, ich weiß es wirklich nicht. Aber wir konnten nicht mehr aufhören.

»Ich kann nicht mehr. Hör auf.«

»Hör du doch auf.«

»Ich kann nicht.«

»Ich auch nicht.«

(Wimmern)

»Wir müssen aufhören zu lachen, sonst sterben wir.«

»Ich weiß.«

(Luft holen, atmen, atmen)

»Wollen wir ein Eis essen gehen?«

»Hä? Was?«

(Lachanfall)

»Wie kommst du denn jetzt auf Eis?«

»Magst du kein Eis?«

(Atmen, atmen)

»Doch, doch. Ich mag Eis. Nichts gegen Eis. Eis ist voll okay.«

(Erneuter Lachanfall)

»O Mann.«

»Hör doch mal auf.«

»Hör du doch auf.«

(Und so weiter)

5

Das Universum hat einen Stöpsel oder: Wir trinken Cola mit Rosamunde Pilcher

Natürlich war die lokale Eisdiele um diese Jahreszeit geschlossen. Deshalb gingen wir in die *Dicke Berta*, eine schummrige Kaschemme, die direkt neben der Eisdiele lag und in die sich Leute in unserem Alter wahrscheinlich selten verirrten. Die Bedienung, die mit ihrem Körperumfang dem Namen der Kneipe alle Ehre machte, zog misstrauisch die Augenbrauen zusammen, als Milad und ich zur Tür hereinkamen. Wir nahmen an einem der Holztische Platz und warteten. Vor den Fenstern hingen vergilbte Gardinen, es roch nach kaltem Zigarettenrauch und Bier. Ein Plakat von einem Schlagersänger dekorierte die Wand, auf dem Sims des Kamins in der Ecke versammelte sich eine beachtliche Mannschaft von Porzellanhunden. Im Fernseher über der Theke lief in brüllender Lautstärke ein Rosamunde-Pilcher-Film. Wir waren die einzigen Gäste. Widerwillig drehte die Dicke nach einer Weile die Lautstärke des Fernsehers runter und machte ein Geräusch in unsere Richtung, das man mit ein bisschen gutem Willen als »Ja?« deuten konnte.

»Haben Sie Eis?«, fragte ich.

»Nee, hab ich nich«, brummte die Bedienung. »Is ja kein Restaurant hier.«

»Cola?«

Die Dicke guckte uns ausdruckslos an. In Porzellan hätte sie sich gut in die Sammlung auf dem Kaminsims eingefügt.

»Meinetwegen«, sagte sie nach einer Weile, erhob sich ächzend von ihrem Stuhl und beugte sich unter die Theke.

»Wir feiern nämlich heute unseren Jahrestag«, sagte Milad, als die Bedienung uns die Gläser auf den Tisch stellte. Er ignorierte meinen irritierten Blick und legte lächelnd seine Hand auf meinen Arm. »Wir haben uns bei einer Freizeit der Katholischen Landjugend kennengelernt.«

»Na, dann Prost auf die junge Liebe. Geht aufs Haus«, sagte die Dicke und schlurfte zurück hinter ihren Tresen.

»Spinnst du?«, flüsterte ich Milad zu.

»Wieso? Ist doch lustig«, flüsterte er zurück. »Außerdem hab ich kein Geld dabei.«

Er hob grinsend sein Glas und prostete mir zu. Ich schüttelte den Kopf und tippte mir an die Stirn. »Katholische Landjugend. Du hast doch einen Knall.«

Milad lachte, und die Bedienung drehte die Lautstärke des Fernsehers wieder so hoch, dass es beinahe unmöglich war, ein Gespräch zu führen. Aber seltsamerweise machte das nichts. Es war schön, einfach so dazusitzen. Der Staub flimmerte in den Sonnenstrahlen, die durch das Fenster schienen, und im Fernseher verkündete ein Arzt einem jungen Mann, dass seine Verlobte leider unheilbar krank sei, woraufhin der junge Mann noch am Krankhausbett mit seiner Verlobten Schluss machte und der Arzt sie trösten musste. Was er mit ziemlich professionellen Arztmanieren machte. Er hatte sogar noch einen Kugelschreiber in der Hand, als er die junge Frau umarmte.

Ich nehme an, dass ich mich irgendwie hätte unwohl fühlen müssen. Immerhin, ich saß einem Jungen gegenüber, den ich eben erst und unter ziemlich seltsamen Umständen kennengelernt hatte. Ich hatte noch nie ein Date gehabt. Ich wusste nicht, wie man so etwas machte. Aber die Wahrheit ist, dass ich erst später darüber nachdachte. Hinterher wurde ich nervös und überlegte stundenlang, ob ich mich total bescheuert verhalten hatte, und was ich wann gesagt hatte, und was für einen Eindruck Milad wohl von mir hatte. Als wir dort saßen und an unserer Cola nippten und zusammen mit der dicken Berta auf die Mattscheibe guckten, da war das alles einfach gut. Im Fernseher stellte der Arzt fest, dass die Krankenschwester (sie hieß Mary und hatte ein Alkoholproblem) die falschen Werte in die Patientenakte eingetragen hatte und die junge Frau gar nicht so krank war, wie er vermutet hatte. Es gab einen Riesenkrach mit Schwester Mary, aber immerhin gute Neuigkeiten für die junge Frau – und das alles in ungefähr 120 Dezibel.

Milad guckte mich an und sagte irgendetwas. Ich wedelte mit den Armen, um ihm zu verstehen zu geben, dass es viel zu laut war, um etwas zu verstehen, und er lachte.

Dann beugte er sich zu mir. »Du bist nicht von hier, stimmt's?«, sagte er.

Sein Gesicht war ganz nah an meinem Gesicht, und obwohl ja klar war, dass das eine verständigungstechnische Maßnahme war und er sich sicher nichts dabei dachte, schlug mein Herz ein bisschen schneller.

»Wieso weißt du das?«

»Ich weiß alles.«

»Haha. Okay. Wo endet das Universum?«

»Das ist einfach. Wenn man ungefähr 200 Milliarden Lichtjahre von hier aus nach unten fliegt, dann merkt man, dass das Universum plötzlich immer enger wird, bis irgendwann nur noch knapp ein Arm durchpasst, und ganz unten, da ist dann ein Stöpsel, und das ist das Ende unseres Universums.«

»Ein Stöpsel?«

»Genau, ja. Ein ganz normaler Badewannenstöpsel. Nur bisschen größer.«

»Alles klar.«

»Das ist wissenschaftlich bewiesen. Aber es ist absolut geheim. Stell dir vor, was die ganzen Terroristen machen würden, wenn sie das wüssten. Mit einem Schlag dem ganzen Universum den Stöpsel ziehen. Das ultimative Selbstmordattentat.«

»Nee, klar, das wäre fatal.«

»Deswegen darfst du das auch auf keinen Fall weitererzählen.«

»Mach ich nicht.«

»Ich habe gewusst, dass ich dir vertrauen kann. Siehst du. Auch das hab ich gewusst. Ich weiß alles.«

»Ich bin beeindruckt.«

»Ich weiß.«

Ich lachte und guckte zum Fernseher, wo sich der Arzt und die junge Frau mittlerweile in den Armen lagen.

»Weißt du, was ich glaube, Milad? Ich glaube, du bist selber ein Stöpsel.«

»Ja, aber glauben ist nicht wissen. Das ist der Unterschied zwischen uns beiden, kleine Mats.«

Ich zeigte ihm den Mittelfinger und er lachte. Keine Ahnung, vielleicht hatte uns die dicke Berta irgendwelche Drogen in die Cola gemischt, ich hatte jedenfalls das Gefühl, als würde ich auf einer Wolke sitzen und runterspucken, so leicht war alles. Der Arzt kniete inzwischen an einem Sandstrand vor der jungen Frau und klappte ein Ringkästchen auf, das er aus seinem Jackett gezogen hatte. Zufälligerweise joggte in genau diesem Augenblick der erste Verlobte am Strand entlang, und natürlich fiel ihm alles aus dem Gesicht.

»Das hastu jetzt davon«, schrie die dicke Berta. Und mit einem Seitenblick zu uns: »Ist doch wahr. Eine Frau verlassen, die im Sterben liegt. Das machtma doch nich. Ich hab meinem Winfried bissuletzt die Hand gehalten.«

Sie goss sich einen Schnaps ein und prostete uns zu.

»Komm, wir gehen«, sagte ich und stand auf. Ich bin in Berlin aufgewachsen, daher wusste ich, was jetzt kommen würde. Wenn so eine Frau dich einmal in ein Gespräch verwickelt, kommst du nicht mehr so schnell da raus.

Die Sonne war viel greller, als ich sie in Erinnerung gehabt hatte. Ich kniff die Augen zusammen und sah Milad an: »Und jetzt?«

Er guckte auf sein Handy und sagte: »Ich sollte langsam mal wieder zurück zur Arbeit. Ich hab gesagt, ich geh nur kurz eine Runde um den Block. Das war vor zwei Stunden.«

»Wo arbeitest du?«

»Kfz. In der Ackerstraße. Die Werkstatt gehört meinen Eltern.«

Ich nickte und guckte in die Auslage des benachbarten Optikers, als gäbe es da wahnsinnig interessante Sachen zu sehen. Ein riesiger Pappfuchs mit Brille stand in dem Schaufenster. An seinem Kopf klebte eine Sprechblase: *Sparfüchse kommen zu uns!*

Mir fiel dieser bescheuerte Witz ein, den Sven Hofer letztens in der Schule erzählt hatte, irgendwas mit einem Typen, der einen Eisenbahntunnel mit einem Fuchsbau verwechselt. Über Sven Hofers Witze lachte niemand. Ich glaube, er lernte sie aus einem Witzebuch auswendig, das ich mal in seinem Rucksack gesehen hatte: *999 Super-Kracher: Das große Witzebuch.*

»Füchse sind coole Tiere«, sagte Milad. Was er nicht sagte, war: Kann ich deine Nummer haben?

»Absolut«, sagte ich, und was ich nicht sagte, war: Sehen wir uns mal wieder?

Einundzwanzig, zweiundzwanzig, dreiundzwanzig. In der vierten Sekunde beginnt die Vergangenheit. Komm schon, frag mich nach meiner Nummer. Vierundzwanzig, fünfundzwanzig. Oder ich frag ihn, ich frag ihn einfach, mehr als nein sagen kann er nicht. Sechsundzwanzig, sieben …

Und dann sah ich plötzlich in der Schaufensterscheibe, wie Alex und ihre Freundinnen auf uns zukamen. Der Vormittagsunterricht war vorbei, daran hatte ich überhaupt nicht gedacht. Die Leute aus unserer Schule gingen über den Mittag oft in die Stadt. Wahrscheinlich waren Alex und ihre Freundinnen unterwegs zum Bäcker, ich hatte sie schon ein paar Mal dort sitzen sehen. Sie waren noch ziemlich weit entfernt, aber sie hatten Milad und mich bereits entdeckt, denn sie tuschelten und zeigten in unsere Richtung. In meinen Ohren fing es an zu rauschen, und etwas in mir klickte aus, wie bei einem Tier, das in der Falle sitzt. Es war absolut bescheuert. Aber ich rannte einfach weg. Ich glaube, ich sagte noch so etwas wie: »Oh, ich muss los« zu Milad, dann drehte ich mich um und rannte davon.

6

Hätte, hätte, Damentoilette oder: Can't help falling in love with you

Ich lief, bis ich nicht mehr konnte. Hinter dem Friedhof blieb ich endlich stehen. Am liebsten hätte ich mir selbst eine runtergehauen. Was war denn das mit mir?

Warum verhielt ich mich jedes Mal wie ein Kleinkind, sobald Alex irgendwo auftauchte? Seit dem ersten Schultag, oder – genauer gesagt – seit der Sache, die auf dem Sportplatz passiert war, war es mit jedem Tag schlimmer und schlimmer geworden.

»Die Spannerin!«, hatte Alex gerufen, als ich neben der Brödermann vor meiner neuen Klasse gestanden hatte. Und alle hatten gelacht.

»Keine Ahnung, was so witzig ist«, hatte die Brödermann gesagt. »Aber definitiv nicht witzig ist, dass ihr vier Grazien euch da hinten angesiedelt habt. Das haben wir schon im letzten Schuljahr besprochen. Alexandra, du kommst nach vorne. Du sitzt neben Mathilda.«

»Sie können uns doch wenigstens eine Chance geben.«

»Pronto, Alexandra.«

Murrend hatte Alex ihre Sachen zusammengepackt und sich auf den Stuhl neben mir fallen lassen. »Ich bin übrigens Linkshänderin«, hatte sie mich angezischt. »Ich brauch viel Platz. Nur dass du es weißt.«

Und eine Woche später war sie auf den Platz neben Carina Lesch gewechselt, die vor Freude darüber ganz rot geworden war. Der Stuhl neben mir blieb leer. Außer mir saß nur Melek Yilmazer alleine, und das war nicht verwunderlich. Melek Yilmazer war ein Freak. Ich war kein Freak. Ich wusste, dass Alex mich eigentlich mögen würde. Wenn ich es irgendwann mal hinkriegen würde, mich in ihrer Gegenwart wie ein ganz normaler Mensch zu benehmen. Was war denn nur so schwer daran? Ja, vielleicht hätte sie Milad und mich angesprochen. Ja, vielleicht hätte sie fies gegrinst und sowas gesagt wie: »Na, wer ist denn das?« Aber dann hätte ich ja einfach cool bleiben und auf eine Das-wüsstest-du-wohl-gerne-Art zurückgrinsen können. Und dann hätte ich »Komm, wir gehen« zu Milad sagen können, und wir wären vielleicht noch ein Stück weit die Straße hinunterspaziert und dann hätte er gesagt: »Ich muss jetzt da lang«, und ich hätte gesagt: »Und ich muss da lang«. Und dann hätten wir gegrinst, und er hätte mich endlich nach meiner Nummer gefragt.

Hätte, hätte, Damentoilette.

Milad hatte ich jetzt wahrscheinlich zum letzten Mal gesehen. Erstens hatte ich ihn gerade ohne eine Erklärung stehengelassen. Zweitens hatten Alex und ihre Freundinnen ihn mit Sicherheit angequatscht. Und die Sache war: Kein Junge konnte sich mit Alex unterhalten, ohne nicht auf sie abzufahren, das war ein Naturgesetz. Ich stellte mir ungefähr folgendes Gespräch vor:

Alex: »War das nicht gerade Mathilda?«

Milad: »Du meinst Mats?«

Alex zu ihren Freundinnen: »Habt ihr das gehört? Madame Pompadour Bohnenstange hat sich selbst einen Spitznamen gegeben. Ab heute heißt sie Mats.«

Brüllendes Gelächter.

Alex: »Was wolltest du denn mit der?«

Milad: »Wir haben eine Cola getrunken.«

Alex zu ihren Freundinnen: »Sie haben eine Cola getrunken!«

Gekreische. Schenkelklopfen. Die Menge applaudiert für diesen besonders guten Witz.

Milad: »Hab ich was falsch gemacht?«

Alex: »Du kennst sie noch nicht. Kann passieren. Aber ich steck dir was. Mit deiner Mats will hier niemand was zu tun haben. Die Frau ist psycho.«

Milad: »Okay, danke für die Warnung.«

Alex: »Kein Problem, Süßer. Ich helfe, wo ich kann.«

Milad: »Kann ich deine Nummer haben?«

Die Menge kichert. Der Pappfuchs schwenkt sein Schild über dem Kopf und singt: »Can't help falling in love with you«. Und wieder einmal hat sie es geschafft. Alex, die Todesspinne. Drei Minuten Satz und Sieg. Küsschen links, Küsschen rechts. Ich kickte mit dem Fuß wütend gegen die Friedhofsmauer, dann lief ich zurück zu meinem Fahrrad, das ich am Bahnübergang stehengelassen hatte. Eigentlich lohnte es sich überhaupt nicht mehr, jetzt noch nach Hause zu fahren. Aber in der Stadt wollte ich nun nicht länger bleiben.

7

Wenn sich die Sonne um die Erde dreht oder: Ich bin einfach zu dumm

Baba war zum Glück nicht da, als ich nach Hause kam. Ich schloss die Wohnungstür hinter mir, und dann stand ich eine ganze Weile einfach so im Flur herum. An einem anderen Tag wäre ich in die Küche gegangen und hätte nachgeguckt, was es zu essen gab. Aber ich hatte keinen Hunger. Ich guckte auf die Uhr, mir blieb noch eine halbe Stunde. Ich klebte ein Pflaster auf die Wunde, die ich mir bei dem Sturz in die Böschung geholt hatte, und zog eine neue Jeans an. Dann stopfte ich meine Turnsachen mitsamt dem Beutel in die Waschmaschine. Als ich gerade das Waschprogramm gestartet hatte, klingelte es an der Tür.

»Ja?«, sagte ich in die Gegensprechanlage.

»Post«, antwortete eine Männerstimme, und ich drückte auf den Türöffner.

Es war aber gar nicht die Post, sondern Hans, Babas neuer Typ. Ich mochte ihn ganz gerne. Obwohl er ziemlich bekloppt war. Er arbeitete bei der Lokalzeitung, behauptete aber, dass er eigentlich ein Künstler sei. Wenn er nicht gerade hochspannende Artikel über die Einweihung von neuen Straßenschildern oder das Jubiläum irgendeines Schrebergartenvereins schrieb, beschäftigte er sich damit, Worte aus der Zeitung auszuschneiden und zu sortieren. Er hatte dutzende von Ordnern, für jedes Wort einen, und er suchte in der Zeitung nach Sätzen, in denen diese Worte vorkamen. Wenn da zum Beispiel stand »Der Airbus erlitt einen Totalschaden«, dann schnitt Hans den Satz aus und klebte ihn in den Ordner für das Wort TOTAL. Die Ordner waren alphabetisch geordnet und unterschiedlich dick. Das Wort ASYL füllte mehrere Seiten, während Ordner wie SPERMAKRISE oder JODELFREUNDE ein eher einsames Dasein führten. Das war seine Kunst.

Wobei ich echt nicht schnallte, was daran Kunst war. Baba hatte es mir mal erklärt, aber ich hatte es vergessen oder nicht verstanden.

»Baba ist nicht da«, sagte ich, als Hans an mir vorbei in den Flur stürmte.

»Macht's dir was aus, wenn ich trotzdem kurz reinkomme?«, rief Hans und lief in die Küche.

»Interessiert's dich, wenn ich ja sage?«, rief ich ihm hinterher.

Hans lachte. Mit den Freunden von Baba hatte ich nie das Problem, das ich mit den Leuten aus meiner Klasse hatte. Ich sagte einfach, was ich dachte. Ich glaube, Hans hielt mich für einen wahnsinnig selbstbewussten Teenager. Vielleicht war ich so entspannt, weil er dreißig Jahre älter war als ich. Oder weil ich wusste, dass er bald wieder aus unserem Leben verschwinden würde. Länger als drei Monate war Baba noch nie mit jemandem zusammen gewesen, seit sie nicht mehr mit meinem Vater zusammen war.

»Wann kommt Baba denn?«, fragte Hans, während er sich in unserem Kühlschrank umsah.

»Keine Ahnung«, sagte ich. »Sie hat Frühschicht gehabt, eigentlich müsste sie schon da sein.«

Baba war Krankenschwester und arbeitete im Städtischen Krankenhaus. Sie liebte ihre Arbeit, und manchmal war sie nach Schichtende einfach noch ein bisschen im Schwesternzimmer und trank Kaffee mit ihren Kolleginnen.

»Dann warte ich hier auf sie«, sagte Hans.

Ich stand ein bisschen unschlüssig in der Küchentür und sah Hans dabei zu, wie er sich mit einem Joghurt an den Tisch setzte und sich in die Zeitung vertiefte.

»Kann ich dich mal was fragen?«, sagte ich. »Kennst du die Kfz-Werkstatt in der Ackerstraße?«

Hans guckte kurz von der Zeitung hoch und sah mich erstaunt an. »Wieso?«

»Sag einfach.«

»Klar kenn ich die. Ich hab einen meiner allerersten Artikel darüber geschrieben. Der Werkstattbesitzer ist damals als Unternehmer des Jahres von der Stadt ausgezeichnet worden. Weil er aus dem Libanon kommt und sich in kürzester Zeit eine eigene Existenz aufgebaut hat. Mustergültige Integration und so weiter. Endlich mal einer, der keine Probleme macht. Ist ja auch alles gut und schön, aber nicht alle haben so viel Glück.«

Hans schob die Zeitung zurück, und ich merkte, dass er zu einem längeren Redeschwall ansetzen wollte. Er regte sich wahnsinnig über die Asylpolitik der Stadt auf, die es vielen Geflüchteten schwer machte, sich zu integrieren. Sie lebten in Unterkünften, die meist abgeschieden und teilweise in katastrophalem Zustand waren, fanden keine Arbeit, die Kinder gingen oft nicht in die normale Schule, sondern hatten Unterricht in gesonderten Deutschklassen, den sogenannten Willkommensklassen, die Jugendlichen hingen im Park ab und warteten auf Lehrstellenangebote, die nicht kamen. Ich kannte den Text, Hans diskutierte ständig mit Baba darüber.

»Okay, danke«, sagte ich deshalb schnell. »Ich muss jetzt los, Nachmittagsunterricht. Bis später.«

Hans rief mir noch etwas hinterher, aber ich war schon aus der Tür, schwang mich auf mein Fahrrad und machte, dass ich wegkam, bevor Hans das Küchenfenster aufriss und mir hinterherbrüllte. Wenn es um Politik und solche Sachen ging, konnte er einem wirklich auf die Nerven gehen.

Während ich von unserem Dorf zur Schule in die Stadt radelte, legte ich mir eine Erklärung für Alex zurecht. Es war völlig klar, dass sie mich auf Milad ansprechen würde. Ich probierte verschiedene Sätze aus und entschied mich schließlich für: »Das geht dich gar nichts an.« Und egal, was sie sagen würde, ich würde einfach nur stoisch diesen Satz wiederholen wie ein buddhistisches Mantra. Das geht dich gar nichts an. Das geht dich überhaupt gar nichts an.

Bei den Schrebergärten am Stadtrand überholte mich David.

»Hi Mathilda«, rief er. »Auch mit dem Fahrrad unterwegs?«

»Eigentlich ist es ein Schneemobil. Man sieht es nur nicht gleich.«

Er lachte.

»Wer hat dir die Milch in den Turnbeutel geschüttet?«

»Weiß ich doch nicht.«

Wir bremsten vor der gesenkten Eisenbahnschranke und warteten. Dort hatte ich heute schon einmal gestanden, mein Herz fing an zu rasen, und ich guckte links und rechts die Bahntrasse entlang.

»Hallo? Mathilda? Hörst du mir überhaupt zu?«

»Was hast du gesagt?«

»Egal.«

Der Zug donnerte vorbei und beendete unsere Unterhaltung. Insofern man die wenigen Sätze, die David und ich manchmal auf dem Radweg miteinander wechselten, als Unterhaltung bezeichnen konnte. Wahrscheinlich redete er sowieso nur mit mir, weil wir zufällig im gleichen Dorf wohnten.

»Man sieht sich!«, rief David, nachdem die Schranke sich gehoben hatte. Er stellte sich in die Pedale und raste in einem Affentempo den Berg vor der Schule hoch. Das tat er immer, wenn wir uns auf dem Radweg trafen. Ich glaube, es wäre ihm peinlich gewesen, mit mir gesehen zu werden.

Als ich in unser Klassenzimmer ging, standen Alex und ihre Freundinnen im Gang herum und würdigten mich keines Blickes. In letzter Zeit standen sie vor dem Unterricht ständig im Gang herum und warteten darauf, dass die Jungs aus der Oberstufe vorbeikamen. Die natürlich nie mit ihnen redeten, sondern höchstens mal mit dem Kopf in ihre Richtung nickten.

Das war dann aber das totale Ereignis, und in der Stunde danach flogen tausend Zettel zwischen Alex und ihren Freundinnen hin und her: »Er hat dich angeguckt!«

»Nein, er hat DICH angeguckt!«

»Meinst du wirklich?«

»Hundertpro!«

Jedenfalls, sie beachteten mich nicht, und da dachte ich, dass sie mich in der Fußgängerzone wahrscheinlich doch nicht gesehen hatten, und das machte mir so gute Laune, dass ich mich in der Stunde danach, wir hatten Geschichte bei Frau Fliegner, so oft meldete wie noch nie. Irgendwann guckte mich die Fliegner misstrauisch an und sagte: »Ich schätze deine Beteiligung am Unterricht, liebe Mathilda. Aber du musst nicht meinen, dass fünfundvierzig Minuten übertriebener Aktivität die vielen Stunden deiner geistigen Abwesenheit auch nur annähernd ausgleichen können. Dessen bist du dir hoffentlich bewusst, und bitte, lies uns den Abschnitt 5 auf Seite 23 vor.«

Die Fliegner redete immer so seltsam. Sie war aber meistens ungefährlich, nur wenn sie eine Fahne hatte, dann musste man sich vor ihr in Acht nehmen. Es war ein offenes Geheimnis, dass die Fliegner ein Alkoholproblem hatte. Wenn sie richtig in Fahrt kam, konnte sie die Leute so brutal auseinandernehmen wie Napoleon die österreichisch-russische Armee in Austerlitz.

An diesem Tag schaffte es die Fliegner allerdings nicht, mir die Stimmung zu verderben. Das erledigte Alex, die nach Geschichte an mein Pult kam und fragte: »Wer war eigentlich der Typ vorhin?«

Sie hatte mich also doch gesehen.

»Keine Ahnung? Was?«, sagte ich ein bisschen zu schnell.

»War das dein Lover?«, fragte sie, wobei sie das letzte Wort so übertrieben aussprach, dass klar war, wie lächerlich allein die Vorstellung war. Mathilda und ein Lover. Invasion der Marsmenschen. Elvis lebt. Die Sonne dreht sich um die Erde.

Ich gab keine Antwort, sondern kramte eifrig in meinem Federmäppchen herum, als würde ich irgendwas Wichtiges suchen.

»Sag doch mal, hat der dich belästigt oder was?«

Obwohl ich mir etwas anderes vorgenommen hatte, beschloss ich spontan, dass es wahrscheinlich die bessere Strategie war, mich dumm zu stellen.

»Wovon redest du überhaupt?«, murmelte ich. »Welcher Typ denn?«

»Na der Typ, der dir nachgerannt ist. Stell dich doch nicht blöder als du bist. Wir haben es alle gesehen.«

»Keine Ahnung«, sagte ich noch einmal und fing an, meine Bleistifte zu spitzen. Aber mein Herz klopfte wie verrückt. Was hatte Alex da gerade gesagt? Milad war mir nachgerannt?

»Ich krieg's eh raus«, sagte Alex, dann ging sie zu ihren Freundinnen auf den Gang.

»Lass dich nicht fertigmachen von der«, sagte Melek Yilmazer, die hinter mir saß.

»Ja, danke«, sagte ich und guckte aus dem Fenster. Ratschläge waren das Letzte, was ich in diesem Moment gebrauchen konnte. Schon gar nicht von Melek Yilmazer, die ungefähr so viel Sozialkompetenz hatte wie ein Karpfen. Sie war immer schwarz angezogen und sah jeden Morgen so aus, als hätte sie die ganze Nacht damit verbracht, über verschiedene Todesarten nachzudenken. So eine musste mir ganz bestimmt nicht erzählen, was ich zu tun hatte. Außerdem musste ich dringend nachdenken. War Milad mir tatsächlich nachgerannt? Warum sollte Alex so etwas erfinden? Aber warum hatte ich das nicht gemerkt? Wie dumm konnte man eigentlich sein?

8

Der Fricktrick in der Ackerstrasse oder: Ich kippe fast um vor Angst und traue mich trotzdem

Die Ackerstraße war nicht weit von der Schule entfernt. Die großen Flügeltüren der Autowerkstatt waren geöffnet, aber es war kein Mensch zu sehen. Ein Auto stand mitten im Raum, an den Wänden Werkbänke mit unterschiedlichen Gerätschaften, Reifen, Ölfässer, ein Hebekran. Auf dem Boden neben dem Auto lagen ein paar Werkzeuge und ein schmutziger Lappen.

Mein Herz klopfte wie verrückt, aber ich nahm meinen ganzen Mut zusammen und rief: »Hallo? Ist da wer?«

Ich hörte, wie in einem Raum, der rechts von der Werkstatt abging, ein Stuhl zurückgeschoben wurde, und kurz darauf trat eine blonde Frau durch die Tür. Sie war etwa in Babas Alter, und auch wenn sie sich überhaupt nicht ähnlich sahen, wusste ich sofort, dass es Milads Mutter war. Vielleicht war es das Lächeln, das sie anknipste, sobald sie mich sah.

»Ja bitte?«, sagte sie freundlich. Sie hatte unglaublich grüne Augen und drum herum ganz viele Lachfalten. Sie erinnerte mich ein bisschen an Fräulein Fricke, meine Kindergartenlehrerin. Die hieß wirklich so, die Kindergartenlehrerin. Fräulein Fricke. Wir haben immer wahnsinnig viel gebastelt im Kindergarten und jedes Mal, wenn Fräulein Fricke uns etwas Kompliziertes erklärt hat, dann hat sie mit feierlicher Stimme gesagt: »Achtung, aufgepasst, Kinder. Jetzt kommt der Fricktrick.«

Daran musste ich denken, als ich Milads Mutter gegenüberstand, und vielleicht war das der Grund, warum ich mich überhaupt traute, den Mund aufzumachen. Wenn so irgendein ölverschmierter dickbäuchiger Kfz-Mechaniker vor mir gestanden hätte, hätte ich wahrscheinlich sofort rückwärts kehrtgemacht, so nervös war ich in diesem Moment.

»Ist Milad da?«, fragte ich leise.

Die Frau lächelte unverändert freundlich, dann sagte sie: »Er ist mit seinem Vater unterwegs. Kann ich ihm was ausrichten?«

Es entstand eine Pause, in der wir einfach so voreinander standen. Sie wartete darauf, dass ich etwas sagte, aber mein Gehirn arbeitete unglaublich langsam. Ich meine, das war seine Mutter. Ich konnte ihr ja kaum erzählen, dass ich vor ein paar Stunden ihren Sohn kennengelernt hatte und sich die Welt seitdem irgendwie anders drehte.

»Willst du ihm vielleicht eine Nachricht hinterlassen?«, fragte sie.

»Äh, okay«, sagte ich.

Milads Mutter verschwand in dem Zimmer, das rechts von der Werkstatt abging und offensichtlich als Büro diente. Als sie kurz darauf zurückkam und mir einen Block und einen Kugelschreiber in die Hand drückte, fiel mir ein, dass ich mir überhaupt nicht überlegt hatte, was für eine Art von Nachricht ich Milad schreiben wollte. Es gibt vielleicht Leute, die schütteln so etwas einfach aus dem Handgelenk, aber ich muss über solche Sachen eigentlich immer erst zwei Tage nachdenken. Milads Mutter stand vor mir und wartete. In meinem Kopf war das totale Vakuum, aber er funktionierte immerhin noch so weit, um einzusehen, dass mir in dieser Situation sowieso kein guter Spruch einfallen würde. Also schrieb ich einfach schnell »Mats« auf das Papier und darunter meine Telefonnummer, bevor das Ganze noch peinlicher werden würde, als es eh schon war. Dann gab ich Milads Mutter den Block zurück. Sie lächelte, als hätte ich ihr ein Geschenk gemacht.

»Mats«, sagte sie. »Hat mich gefreut.«

Dann verschwand sie wieder in ihrem Büro. Die ganze Zeit hatte sie nicht eine Sekunde dieses Lächeln verloren. Wahnsinn. Ich würde einen Backenkrampf bekommen, wenn ich so lächeln müsste.

9

Ich hasse es, zu warten oder: Kann man verlernen, über das Denken zu reden?

Den Weg nach Hause legte ich in Rekordzeit zurück.

»Ist was passiert?«, rief Baba, als ich vollkommen außer Atem in unseren Hausflur trat. Sie saß mit Hans am Küchentisch und trank Tee.

»Nee, alles gut«, antwortete ich.

Ich hätte ihr gerne von Milad erzählt. Aber nicht, wenn Hans dabei war. In meinem Zimmer warf ich mich auf mein Bett und starrte an die Decke. Milad hatte sich natürlich noch nicht gemeldet. Wenn er sich überhaupt melden würde. Ich scrollte durch meine Kontakte und überlegte, wen ich anrufen könnte. Aber da war niemand. Die meiste Zeit über gelang es mir ziemlich gut, das zu verdrängen. Dass ich hier keine Freunde hatte, meine ich.

»Noch nicht«, sagte Baba immer. »So was dauert eben ein bisschen.«

Aber so langsam kamen mir da Zweifel.

Mit meinen Freundinnen aus Berlin hatte ich mittlerweile kaum noch Kontakt. Auf Instagram guckte ich mir ihre Fotos an und fühlte mich wie jemand von einem anderen Planeten. Ich likte ihre Sachen, und wenn ich ein Foto postete, schrieben sie »we miss you« darunter. Aber das waren nur noch Sätze, die wir aufsagten wie einen Text, den wir irgendwann mal auswendig gelernt hatten. Wenn ich sie angerufen hätte, um mit ihnen über Milad zu reden, dann hätten sie gedacht, dass ich sonst niemanden zum Reden hatte. Was ja auch stimmte. Aber es ist das eine, ob man das selber weiß. Oder ob es die anderen auch wissen.

Ich zog meine Schreibtischschublade auf und holte das Buch heraus, das mein Vater mir geschenkt hatte. Ich hatte ihm am Telefon erzählt, dass ich seit dem Umzug aufgehört hatte, Tagebuch zu schreiben. Es kam mir kindisch vor, seitenweise langweilige Einträge über mein langweiliges Leben zu verfassen. Mein Vater hatte mir daraufhin ein leeres Buch geschickt und auf die erste Seite geschrieben: *Wenn schon nicht zu einem Tagebuch, so mach dieses Buch zu einem Fragebuch.* Das war typisch für meinen Vater. Wir telefonierten einmal im Monat, und – ehrlich gesagt – hatte er überhaupt keine Ahnung von mir. Bis jetzt hatte ich nur eine einzige Frage in dem Buch notiert: *Gibt es einen Unterschied zwischen Menschen, die einen Nagelknipser benutzen, und Menschen, die eine Nagelschere bevorzugen? (#haha WTF)*

Ich fischte einen Bleistift aus meinem Federmäppchen und schrieb: *Kann man zu viel nachdenken? Wird das Denken weniger, wenn man mit jemandem darüber redet? Kann man verlernen, über das Denken zu reden?*

Dann kaute ich eine Weile so heftig an meinem Bleistift, dass der Lack splitterte. Ich spuckte die Lackstücke auf die Bettdecke, klappte das Buch zu und legte es zurück in die Nachttischschublade. Ich nahm wieder das Handy in die Hand, aber weder TikTok noch Instagram konnten mich davon ablenken, dass ich auf Milads Nachricht wartete und dabei langsam verrückt wurde. Als ich zum ungefähr vierzigsten Mal WhatsApp und mein SMS-Postfach checkte, weil ich dachte, dass ich möglicherweise den Eingangsston seiner Nachricht überhört hatte, wurde es mir zu blöd, und ich tat etwas, das ich sonst nie tue: Ich legte mein Handy zu dem Fragebuch in die Nachttischschublade, schnappte mir meinen Basketball und verließ das Zimmer.

Hans und Baba saßen immer noch am Küchentisch und beugten sich kichernd über Babas Smartphone. Sie würden wahrscheinlich nicht mal merken, dass ich weg war. Ohne mich zu verabschieden, zog ich die Haustüre hinter mir zu.

10

Tote Vögel singen nicht oder: Der Schlüssel zum Glück

Es dämmerte bereits, als ich durch das Dorf Richtung Sportplatz lief. Seit dem ersten Abend hatte ich mich nicht mehr dorthin getraut. Es fuhr mir immer noch wie ein Stromschlag durch den Körper, wenn ich mich daran erinnerte, wie peinlich das gewesen war, als er mich aus dem Gebüsch zog.

»Was machst du da?«, hatte der Kahlrasierte geschrien.

Was hätte ich darauf antworten sollen? Dass ich die Sterne gezählt hatte? Nach Würmern gegraben? Meine Lage war ziemlich eindeutig gewesen. Sie waren vielleicht betrunken gewesen, aber blöd waren sie wahrscheinlich nicht.

»Törnt dich das an, andere Leute beim Pinkeln zu beobachten?«, hatte mich Alex gefragt. »Wie krank bist du denn?«

»Ich …« Mein Kehlkopf war so eng gewesen, dass ich fast kein Wort herausgebracht hatte. »Ich wollte das nicht.«

»Du wolltest das nicht?«, hatte Alex gerufen. »Nee, ist klar, passiert mir auch ständig, dass ich nachts in Büschen herumsitze und irgendwelche Leute neben mir ihre Hose runterlassen. Kann passieren. Normal, oder?«

Bisher hatte ich immer einen weiten Bogen um den Sportplatz gemacht. Aber ich hatte Lust, mal wieder ein paar Körbe zu werfen. Und außerdem, sagte ich mir, außerdem wohnte ich auch in diesem Dorf. Keiner konnte mir verbieten, auf den Sportplatz zu gehen. Wahrscheinlich hätte ich trotzdem direkt wieder kehrtgemacht, wenn die Jugendlichen dort gewesen wären. Aber an diesem Tag saßen zum Glück nur zwei Kinder auf den Bänken neben dem Basketballkorb. Ich kannte sie, sie wohnten zwei Häuser neben uns. Der Ältere hieß Robert und war etwa drei Jahre jünger als ich. Sein Bruder Tobi war erst acht und ein bisschen behindert. Sein Gehirn war wie ein Sieb, hatte mir seine Mutter erklärt. Manche Dinge fielen einfach durch das Sieb hindurch, andere blieben darin hängen, und niemand wusste so richtig, warum das so war.

»Hallo, Mathilda, hallo!«, rief Tobi über den Sportplatz und winkte mir begeistert zu. Ich winkte zurück und lief quer über das Fußballfeld zu ihnen hinüber.

»Na, was macht ihr so?«, fragte ich und setzte mich neben Tobi auf die Bank.

»Nichts Besonderes«, antwortete Robert, ohne von seinem Handy aufzusehen.

»Willst du mal was sehen?«, fragte Tobi. Er baumelte aufgeregt mit den Beinen und zeigte auf eine grüne Tupperdose, die auf seinem Schoß lag.

»Nein, will sie nicht«, sagte Robert.

»Na klar will ich«, sagte ich. »Zeig mal.«

Tobi öffnete die Tupperdose und hielt sie mir feierlich entgegen. Darin lag ein kleiner toter Vogel.

Ich zuckte zurück.

Robert grinste.

»Aha«, machte ich. »Sehr schön.«

»Das ist ein Zilpzalp«, sagte Tobi und streichelte zärtlich das braune Gefieder des Vogels.

»Und was willst du jetzt damit?«, fragte ich und guckte angestrengt in eine andere Richtung. Bei toten Tieren wird mir immer ein bisschen komisch.

»Der Zilpzalp heißt so, wie er singt«, sagte Tobi, ohne auf meine Frage einzugehen. »Was bedeutet, dass er einen sogenannten onomatopoetischen Namen hat. Wie außer ihm beispielsweise der Kuckuck oder der Uhu. Ich hab ihn da hinten im Gebüsch gefunden.«

»Okay. Cool«, sagte ich. »Aber vielleicht solltest du ihn besser nicht anfassen. Wegen Krankheiten und so.«

»Mach das Ding zu, Tobi«, sagte Robert. »Die kotzt gleich.«

»Wirklich?«, fragte Tobi und guckte mich erstaunt an. »Das ist doch nur ein Vogel.«

»Mit Vögeln ist das bei mir so, dass ich sie lieber lebendig habe«, versuchte ich ihm zu erklären.

»Ach so«, sagte Tobi und klappte die Tupperdose wieder zu. Er sah ziemlich enttäuscht aus. »Du bist ganz schön dumm, weißt du. Den Zilpzalp sieht man nämlich fast nie. Man hört ihn, aber man sieht ihn nicht. Alle Leute wissen, wie eine Amsel aussieht. Aber wie ein Zilpzalp aussieht, wissen sie nicht.«

»Danke, dass du es mir gezeigt hast!« Ich stupste Tobi mit dem Ellenbogen, aber er starrte finster auf seine Tupperdose.

»Ich hasse Amseln. Wenn ich eine Amsel sehe, gucke ich sofort weg«, stieß er hervor.

Alter Falter. Das war vielleicht ein seltsames Kind.

»Da kommt David«, sagte Robert, und ich fragte mich, woher er das wusste, weil er, soweit ich das mitbekommen hatte, noch kein einziges Mal von seinem Handy aufgeschaut hatte. Aber es stimmte. David schlenderte langsam die Straße hinauf, die zum Sportplatz führte, und kickte einen Fußball vor sich her.

»Hi Fans«, sagte er, als er vor unserer Bank stehenblieb. Er hob meinen Basketball auf und ließ ihn ein paar Mal auf den Asphalt springen.

»Hi David«, sagte Robert.

»Hm«, machte Tobi und umklammerte die Tupperdose, als hätte er Angst, dass David sie ihm wegnehmen würde.

Ich sagte gar nichts.

»Alles klar, Mathilda?«, fragte David und guckte mich an. Mir fiel wieder einmal auf, wie blau seine Augen waren, eisblau und fast durchsichtig, wie zwei kleine Polarmeere.

»Logo«, antwortete ich und fing reflexartig den Basketball, den David mir zuwarf.

»Spielen wir 'ne Runde?«

»Okay.« Ich nickte und zuckte gleichzeitig die Schultern, und ärgerlicherweise wurde ich dabei rot.

In einem richtigen Match hätte ich keine Chance gegen David gehabt, aber im Körbewerfen waren wir etwa gleich gut, und das ging ihm ziemlich auf die Nerven. Er verlor dreimal hintereinander im H-O-R-S-E und nach meinem letzten Treffer kickte er den Ball mit voller Wucht auf das Fußballfeld. Der Ball flog über das Tor, prallte gegen die Hauswand vom Sportheim und hopste dann die Kellertreppe rechts neben der Eingangstür hinunter, wobei er einen Blumentopf mit sich riss, der oben auf dem Treppenabsatz stand.

»Easy«, sagte ich zu David.

»Pech im Spiel, Glück in der Liebe, Alter!«, rief Robert.

David zeigte ihm den Mittelfinger und rannte zum Sportheim, um den Basketball zu holen.

»Der ist ja drauf«, brummte Robert, als ich mich neben ihn und Tobi auf die Bank plumpsen ließ.

Wir beobachteten, wie David die Kellertreppe vom Sportheim hinunterging. Eine Weile war er verschwunden, dann ertönte plötzlich ein Pfiff.

»Komma her!«, schrie David über den Sportplatz.

Tobi, Robert und ich guckten uns an und zuckten die Schultern. Dann standen wir auf und trabten rüber zum Sportheim.

David stand unten an der Kellertreppe und grinste triumphierend. Vor seinen Füßen lagen die Scherben des Blumentopfes, dazwischen Erde und die Einzelteile einer verwelkten Petunie.

»Was ist?«, fragte ich.

David streckte seine rechte Faust aus und öffnete sie. Auf der Handinnenfläche lagen ein paar Krümel Blumenerde und ein leicht verrosteter Schlüssel. Mir war sofort klar, was das für ein Schlüssel war. Ich meine, man musste nur eins und eins zusammenzählen. Baba und ich versteckten unseren Notfallschlüssel auch in einem Blumentopf vor dem Haus.

»Hä?«, machte Tobi. »Was ist das für ein Schlüssel?«

»Das, du Vollpfosten, ist unser Eintritt ins Glück«, sagte David, steckte den Schlüssel in das Schloss der Kellertür und drehte ihn um.

»Ach du scheiße«, sagte Robert.

»Mach das nicht!«, rief Tobi.

David lachte, und dann verschwand er im Kellergang des Sportheims. Nach einem kurzen Zögern folgten wir ihm.

11

Ich weiss nicht, was ich tue oder: Pupillentest und Frühstückskorn

»Ihr spinnt, ihr spinnt, ihr spinnt doch einfach«, flüsterte Tobi, während wir durch den dunklen Gang tappten und nach einem Lichtschalter suchten.

»Halt die Klappe, Tobi«, sagte David. »Du nervst.«

Robert fand den Lichtschalter, es summte und klackte und dann sprangen die Neonröhren an der Decke an. Wir standen in einem längeren Gang, von dem rechts und links Türen abgingen. Am Ende des Gangs war eine Treppe zu sehen, die nach oben in den Saal des Sportheims führte. Früher war das Sportheim wahrscheinlich wirklich mal ein Sportheim gewesen. Als es im Dorf noch genug junge Männer für eine richtige Fußballmannschaft gegeben hatte. Wir öffneten eine der Türen und guckten in einen Raum, der mal eine Umkleidekabine gewesen sein musste. An den Wänden waren lange Sitzbänke angebracht, darüber eine senfgelbe Hakenleiste. An einem der Haken hing sogar noch eine Jacke. Es sah aus, als würde diese Jacke schon seit Urzeiten dort hängen. Vielleicht war der Besitzer in unserem Alter gewesen, als er die Jacke dort vergessen hatte. Vor hundertfünfzig Jahren oder so.

»Das gute alte Sportheim«, flüsterte David und öffnete eine weitere Tür. Dahinter war ein Duschraum, in dem nun aber

Stühle gelagert wurden. Wir fanden noch zwei weitere Garderoben und einen Raum, in dem eine Massageliege stand. Der Bezug war an einigen Stellen aufgerissen und gelber Schaumstoff quoll daraus hervor. In einem anderen Raum standen zwei abgetaute Kühlschränke und ein Benzinkanister. David schraubte den Deckel des Kanisters ab und schnüffelte daran.

»Da ist wirklich Benzin drin. Wieso steht hier ein Kanister voll Benzin rum?«

»Ist doch egal«, bettelte Tobi. »Komm, wir hauen ab.«

David stieg die Treppe nach oben zum Saal, Robert und ich liefen ihm hinterher, und da kam Tobi dann doch mit.

Im Saal des Sportheims gab es eine kleine Bühne, und an der Längsseite stand eine Bar mit einem Zapfhahn. David hielt ein Glas darunter und klappte den Hebel um, aber es kam nichts raus. Hinter der Bar ging eine Schiebetür ab, die zu einer kleinen Küche führte. Die Schränke waren vollgestopft mit Tellern und Tassen, alle mit Blumenmuster und Goldrand. Das Sportheim wurde mittlerweile ja nur noch von alten Leuten genutzt, die dort ihre runden Geburtstage feierten. Sonst war da nichts mehr los.

Und in dieser Küche passierte dann was Komisches. Tobi und Robert waren schon wieder durch die Schiebetüre in den Saal gegangen. David wühlte immer noch in den Schränken herum, weil er unbedingt Alkohol finden wollte.

»Und wenn's nur eine Flasche abgeranzter Likör ist, irgendwas muss doch da sein«, murmelte er und klappte den letzten Küchenschrank auf, den wir noch nicht durchsucht hatten. Er kniete sich hin und steckte seinen Kopf in den Schrank, ich bückte mich ebenfalls, um hineinzugucken. Aber plötzlich richtete David sich ruckartig wieder auf, und bevor ich reagieren konnte, knallten wir mit unseren Köpfen zusammen.

»Fuck!«, fluchte David. »Pass doch auf!«

»Pass doch selber auf«, gab ich zurück und versuchte, die Tränen zurückzuhalten. Was mir aber nicht gelang. Es tat wirklich scheißweh. Als der Schmerz ein bisschen nachließ, guckte ich David an, und er guckte mich an, und dann fingen wir gleichzeitig an zu lachen.

»Scheiße, Mathilda, was machst du?«

»Ich kann doch nicht wissen, dass du plötzlich deinen Kopf zurückziehst.«

»Ich hab was gefunden. Fuck, das tut so weh.«

»Was denn?«

»Der Kopf, was denn sonst.«

»Was du gefunden hast, mein ich.«

David drehte sich stöhnend zum Schrank um und holte eine Flasche heraus. *Schwarze Frühstückskorn* stand auf dem Etikett. »Das haben wir uns jetzt verdient.« Er schraubte den Deckel ab und nahm einen großen Schluck. Dann schüttelte er sich und verzog das Gesicht. Er reichte mir die Flasche, und ich nippte daran. Es schmeckte widerlich und brannte wie Feuer im Hals. Ich konnte mir nicht vorstellen, dass es Leute gab, die sowas zum Frühstück tranken. Wir gaben die Flasche ein paar Mal hin und her und nach dem dritten Schluck schmeckte es nicht mehr ganz so schlimm. Mir wurde es angenehm warm, und das alles war schon seltsam genug. Aber dann drehte David plötzlich seinen Kopf zu mir und sagte, dass er wahrscheinlich eine Gehirnerschütterung habe.

»Quatsch«, sagte ich. »So schnell bekommt man keine Gehirnerschütterung.«

»Mach mal den Pupillentest bei mir, bitte.«

»Den was?«

»Den Pupillentest.«

Er hockte sich ganz nah vor mich hin und guckte mich an. Ich hatte keine Ahnung, wovon er redete, aber ich schaute doktormäßig in seine wasserblauen Polaraugen und sagte: »Aha, nee, alles klar soweit. Keine Gehirnerschütterung erkennbar.«

»Du musst auf die Pupillenbewegung achten«, sagte David und kam mir mit seinem Gesicht so nahe, dass unsere Nasen sich fast berührten.

Zum Glück steckte in diesem Moment Robert seinen Kopf durch die Schiebetür und sagte, dass sie jetzt gehen würden. Ich sprang sofort auf und lief mit Tobi und Robert zurück in den Keller. David stellte die Schnapsflasche wieder in den Schrank und trottete uns hinterher.

Es war schon dunkel, als wir durch die Kellertüre zurück ins Freie traten. David schloss die Tür ab, dann steckte er den Schlüssel in die Hosentasche.

»Wer weiß, für was man ihn noch braucht«, sagte er.

Tobi machte einen kläglichen Versuch, ihn davon abzuhalten, aber das hätte er besser sein lassen sollen. David guckte ihn an, als würde er sich überlegen, ob er ihm lieber eine reinhauen oder seinen Kopf in die nächste Mülltonne stecken wollte.

»Was hat dein behinderter Bruder gesagt?«, wandte er sich an Robert, und wenn mich nicht alles täuschte, lallte er dabei ein bisschen. »Kannst du mir das übersetzen, ich versteh die Idiotensprache leider nicht.«

»Nichts hat er gesagt«, murmelte Robert und wollte Tobi wegziehen.

»Doch hab ich was gesagt«, rief Tobi. »Dass ich das unserer Mama sag. Das hab ich gesagt.«

»Was trägst'n eigentlich die ganze Zeit mit dir da rum, du kleiner Knallkopf?«, fragte David, und bevor Tobi reagieren konnte, nahm er ihm die Tupperdose aus der Hand.

»Igitt«, machte David, nachdem er die Dose geöffnet hatte. Dann holte er aus und ließ die offene Dose über seinen Kopf nach vorne schnellen. Die Vogelleiche wurde durch die Luft katapultiert und flog in einem hohen Bogen auf das Dach des Sportheims.

»Du Arsch!«, schrie Tobi, aber David lachte nur.

»Und genau das Gleiche mache ich mit dir, wenn du mich bei deiner Mama verpetzt«, sagte er. Dann nahm er seinen Fußball und ging.

Tobi, Robert und ich standen noch eine Weile vor dem Sportheim und guckten ihm nach.

»Wichser«, sagte ich.

»War doch nur ein Vogel«, versuchte Robert seinen Bruder zu trösten.

Dann liefen wir zusammen zurück in unsere Straße. Tobi heulte auf dem ganzen Weg.

12

Meine Mutter erinnert sich an ihre Erziehungspflicht oder: Draussen passiert nicht mal der Mond

»Die verlorene Tochter kehrt heim!«, rief Hans mir zu, als ich unser Gartentor öffnete. Er saß unter der Birke und rauchte eine Zigarette. Aus seiner Begrüßung schloss ich, dass Baba sauer auf mich war. Was eine Untertreibung war. Sie war auf hundertachtzig.

»Wo warst du?«, schrie sie, als ich in den Hausflur trat.

»Wald- und Wiesenforschung«, antwortete ich ruhig und zog meine Schuhe aus. Ich meine, ernsthaft. Warum regte sie sich so auf. Wir wohnten ja nicht mehr in Berlin. Das Einzige, was einem in diesem Kaff passieren konnte, war, dass man in einen Kuhfladen trat oder am Samstagmorgen den Klingelbäcker verschlief.

»Ich will, dass du mir sagst, wenn du weggehst. Oder wenigstens dein Handy mitnimmst.«

»Okay«, sagte ich nur und ging in mein Zimmer. Ich zog die Nachttischschublade auf und warf einen schnellen Blick auf mein Smartphone. Fünf verpasste Anrufe von Baba. Sonst nichts. Enttäuscht schob ich die Schublade wieder zu und ließ mich rückwärts auf mein Bett fallen.

»Es ist wegen Hans, stimmt's?«, sagte Baba, die mir in mein Zimmer gefolgt war. »Du kannst ihn nicht leiden.«

Es spielte keine Rolle, was ich von Babas Freunden hielt, weil die sowieso nicht lange bei uns blieben. Aber ich war nicht so dumm, Baba das zu sagen.

»Ach was«, antwortete ich. »Hans ist super.«

Das besänftigte sie.

»Findest du wirklich?«, fragte sie und setzte sich neben mich auf die Bettkante. »Du sagst das nicht einfach nur so?«

»Nein!«

»Ich bin nämlich total verknallt in ihn.«

»Schön für dich«, sagte ich und schloss meine Augen.

»Nerv ich dich?«

»Wie kommst du denn darauf?«

Baba kicherte. »So muss das sein.«

Ich war mir nicht sicher, ob sie recht hatte. Sollte nicht ich diejenige sein, die alle paar Monate neue Jungs mit nach Hause brachte und sich benahm wie ein aufgescheuchtes Huhn? Immerhin war ich die Fünfzehnjährige von uns beiden.

»Mathilda? Wenn was ist, dann sagst du es mir doch, oder?«

»Ja-ha.« Ich drehte ihr den Rücken zu und sah aus dem Fenster. Am Himmel blinzelten die ersten Sterne. Der Mond war noch nicht zu sehen.

Baba strich mir über den Rücken.

»Ach – und Mathilda?« Ihre Stimme rutschte auf der letzten Silbe meines Namens ein bisschen nach oben, und ich wusste, ohne mich umzudrehen, welchen Gesichtsausdruck sie in diesem Moment hatte.

»Was willst du?«, brummte ich.

»Wer sagt denn, dass ich etwas will?«

»Sag's doch einfach.«

»Kannst du heute bei Omi vorbeischauen?«

»Von mir aus.« Ich hatte ja sowieso nichts vor.

»Weil, es ist so: Hans würde mich gerne zum Essen einladen. Aber wenn du … also, ich kann auch hierbleiben.«

»Ist okay.«

»Er hat überhaupt kein Geld, aber er will mich zum Essen ausführen. Ist das nicht süß? Ich bin wirklich wahnsinnig verknallt in ihn.«

»Hast du schon gesagt.«

»Du bist die Beste.«

»Mach die Tür zu, wenn du gehst.«

13

Ein paar wissenswerte Dinge über meine Urgrossmutter, Elvis Presley und Jesus Christus

Omi ist meine Urgroßmutter und der Grund, warum wir überhaupt in dieses Dorf gezogen waren. Vor einem halben Jahr hatte sie einen Schlaganfall gehabt. Wenn sie versucht hatte, mit uns zu sprechen, dann waren aus ihrem Mund Töne gekommen, die mich an Außerirdische erinnerten. Oder an Behinderte. Was sie genau genommen ja auch war. Eine Behinderte, meine ich. Eine Verhinderte. Eine, bei der sich ein Hindernis vor die Welt geschoben hatte. Irgendwo hinter diesem schiefen Gesicht und den Grunzgeräuschen war sie steckengeblieben und kam nicht mehr heraus. Das war das Schlimmste gewesen. Zu sehen, wie sie sich anstrengte und sich mitteilen wollte, und wir sie einfach nicht verstanden. Manchmal hatte sie dann geweint. Die Ärzte hatten gesagt, wir sollten uns darauf einstellen, dass sich ihr Zustand nicht wesentlich verbessern würde. Da hatte Baba entschieden, dass wir umziehen würden. Das war kurz vor meinem fünfzehnten Geburtstag gewesen.

Entgegen aller Vorhersagen hatte sich Omis Zustand dann doch wieder halbwegs gebessert. Die Ärzte sagten, dass sie eine Kämpfernatur sei. Omi sagte, dass sie genug gehabt hatte von all den Kruzifixen und den Schwestern, die abends mit ihr beten wollten. Die einzige Rehaklinik in der Umgebung war nämlich eine katholische Einrichtung. Was wirklich Pech gewesen war für Omi, die Ausschlag kriegte bei allem, was mit Kirche zu tun hatte. Wenn Baba und ich sie dort besucht hatten, hatte ich das irgendwie auch verstanden. Ich war Baba hinterhergelatscht durch diese blank gewienerten endlosen Gänge, die alle gleich aussahen (hellgelb) und gleich rochen (nach Ajax-Putzmittel und Kamillentee), meine Turnschuhe hatten auf dem Linoleum gequietscht und an jeder Ecke hatte ein Jesus von seinem Kruzifix mit Leidensmiene auf uns hinuntergesehen. Ich meine, wenn schon Jesus, warum dann nicht ein fröhlicher Jesus, der gerade über den See Genezareth spaziert und ein paar Fische verteilt? Oder das Kind in der Krippe? Bei Kleinkindern kriegen die meisten Leute doch ein gutes Gefühl. Aber wie jemand in einer Umgebung gesund werden soll, in der man alle fünf Meter einem sterbenden Typen begegnet, ist mir schleierhaft.

Jedenfalls, Omi kriegte es hin. Zumindest so einigermaßen. Sie musste sich zwar auf einen Rollator stützen, und ihr Lächeln war nach wie vor ein bisschen schief. Aber sie konnte wieder zurück in ihr altes Haus, und mit ein bisschen Hilfe kam sie im Alltag gut zurecht. Morgens kam der Pflegedienst, abends kamen Baba oder ich. Unser Haus lag direkt neben ihrem, wir mussten quasi nur über den Gartenzaun steigen, dann waren wir bei ihr. Und für Notfälle hatte Omi so einen Piepser am Handgelenk.

Die meisten Leute in meinem Alter finden es wahnsinnig uninteressant, über solche Sachen zu reden. Meine Freundinnen aus Berlin haben mich auch immer ganz mitleidig angeguckt, wenn ich ihnen beim Skypen davon erzählt habe. Aber ich musste Omi ja nicht den Hintern abwischen oder sie duschen. Ich half ihr beim Aus- und Anziehen, wir aßen zusammen zu Abend, und ich kämmte ihr die Haare. Sie hatte ganz lange weiße Haare, nicht diese Trockenhauben-Frisur wie andere alte Frauen.

Ich glaube, sie war früher eine sehr schöne Frau. Mit neunzehn war sie angeblich nach Amerika gereist, weil sie unbedingt Elvis Presley live sehen wollte, der damals die ganze Welt mit seinem Hüftschwung verrückt gemacht hatte. Sie hatte es zwar nie auf ein Konzert geschafft, aber während sie vor den ausverkauften Hallen gewartet hatte, hatte sie eine Menge Männer kennengelernt, und einer davon war mein Urgroßvater gewesen. So erzählte Omi das zumindest. Baba meinte zwar, dass Omi sich die Geschichte ausgedacht hatte, weil der Mann, der ihr das erste und einzige Kind gemacht hatte, in Wirklichkeit ein verheirateter Mann aus der Nachbarschaft gewesen war, aber so richtig wusste das niemand, nicht mal meine Großmutter, die ja immerhin bei diesem Vorfall entstanden war. Omi lächelte nur, wenn man sie danach fragte, und sang leise: »Are you lonesome tonight? Do you miss me tonight? Are you sorry we drifted apart?« Oder einen anderen Elvis-Song.

Omi war verrückt nach Elvis. Überall in ihrem Haus hingen Elvis-Poster. Elvis war sozusagen der personal Jesus meiner Urgroßmutter. Der King, wie sie ihn nannte. Zumindest war sie aber nicht so verrückt, dass sie glaubte, Elvis sei noch am Leben.

Es gibt ja ziemlich abgefahrene Theorien, was das betrifft. Manche Leute glauben, dass Elvis von Aliens entführt wurde. Oder dass er selbst ein Alien war. Mir persönlich gefällt am besten die Geschichte, bei der Elvis auf dem Höhepunkt seiner Karriere einen Doppelgänger engagiert haben soll, weil er selbst keine Lust mehr hatte, Elvis zu sein.

Ich meine, wie praktisch wäre das? Ein Doppelgänger, der dein Leben übernimmt, wenn bei dir mal wieder alles beschissen läuft. Du verkrümelst dich an einen schönen Ort, Mittelmeer oder so, baumelst mit den Beinen und lässt den Doppelgänger machen. Und wenn er die Dinge zurechtgerückt hat, kommst du zurück und steigst wieder ein. Das Problem wäre nur, wenn es dem Doppelgänger in deinem Leben so gut gefällt, dass er nicht wieder abhauen will. Vielleicht war Elvis das auch passiert. Vielleicht wollte er irgendwann wieder Elvis sein, aber der Doppelgänger, der gerade in der Badewanne lag und Champagner schlürfte, sagte: »Nee, nee, mein Freund.« Und Elvis ging zum Manager und sagte: »Der Typ in der Badewanne ist ein Betrüger. Ich bin der echte Elvis.« Aber weil Elvis seine Glitzerkostüme alle dem Doppelgänger überlassen hatte, und er ohne diese Glitzerkostüme gar nicht aussah wie Elvis, glaubte ihm der Manager nicht und auch sonst kein Mensch. Und weil er nicht aufhörte, zu behaupten, dass er Elvis sei, wurde er irgendwann in die Psychiatrie gesteckt und mit Psychopharmaka vollgepumpt. Nach seiner Entlassung war er völlig pleite und zog in eine Plattenbausiedlung am Stadtrand, wo er den Rest seiner Tage damit verbrachte, sich am Sack zu kratzen. Amen.

14

Eine mathematische Gewissheit oder: Spieglein, Spieglein an der Wand

Omi freute sich sehr, mich zu sehen. Sie freut sich immer, mich zu sehen. Sie ist eine echte Frohnatur, wie man so sagt. Als ich kam, lag sie auf dem Sofa und las einen Krimi. Im Hintergrund dudelte das Elvis-Presley-Debutalbum. Ich mochte es, bei Omi zu sein. Es war immer wahnsinnig gemütlich. Es war diese Art Gemütlichkeit, die nur alte Leute hinkriegen.

Omis Haus war ziemlich klein, vielleicht ist »Haus« auch eine Übertreibung. Unten gab es ein Wohnzimmer, von dem direkt die Küche und das Badezimmer abgingen. Eine Treppe führte nach oben, wo es ein einziges Zimmer gab, das früher Omis Schlafzimmer gewesen war. Jetzt kam sie die Treppe nicht mehr hoch und schlief auf einem Bett, das tagsüber zusammengeklappt an der Wohnzimmerwand stand.

Ich machte uns ein paar Spiegeleier und dann saßen wir zusammen am Tisch und aßen und der King sang *Blue Moon.* Das ist eines meiner Lieblingslieder von Elvis.

Blue Moon / You saw me standing alone / Without a dream in my heart / Without a love of my own.

Und plötzlich summte mein Handy in der Hosentasche.

Hey Mats. Gehen wir morgen spazieren? Um 10 Uhr beim Fuchs? Milad

Mein Herz beschleunigte seinen Schlagrhythmus. Er hatte meine Nachricht also bekommen. Und er wollte mich wiedersehen. Ich wischte mir die Hände an der Hose trocken und überlegte, was ich ihm antworten sollte. *Klingt gut* war viel zu bemüht, *super* klang nach Kindergarten, *cool* war auch irgendwie peinlich. Schließlich schrieb ich einfach nur: *Okay*. Aber sobald ich es abgeschickt hatte, kam es mir zu knapp vor. Vielleicht würde er denken, dass ich gar keine Lust hatte, ihn zu sehen. Darum schickte ich schnell noch ein *Freu mich!* hinterher. Das Ausrufezeichen bereute ich sofort, außerdem dachte ich, dass ich lieber ein Emoji dahinter hätte setzen sollen. Ich überlegte, ob ich ihm noch eine dritte Nachricht schicken sollte. Aber das kam mir dann doch zu aufdringlich vor. Ich steckte das Handy wieder ein und merkte, dass Omi mich die ganze Zeit mit ihrem schiefen Grinsen beobachtet hatte. Sie sagte aber nichts, wofür ich ihr wirklich dankbar war. Baba hätte mich an ihrer Stelle mit Fragen gelöchert.

Später klappte ich das Bett auf und half Omi, das Nachthemd anzuziehen. Sie konnte ihre Kleider nicht mehr alleine wechseln, weil sie ihre rechte Seite nicht mehr so gut bewegen konnte. Es gab immer diesen komischen Moment, wenn ich ihr das Unterhemd auszog und den Blick auf ihre faltigen Brüste freilegte. Sie sahen aus wie zwei magere kleine Birnen, die man bei der Ernte vergessen hatte. Omi bemerkte meinen Blick und kicherte und sagte: »Dingdong.«

»Soll ich das Licht noch anlassen?«, fragte ich, nachdem ich Omi ins Bett geholfen und sie zugedeckt hatte. Omi antwortete nicht. Sie hielt meine Hand fest und guckte mich mit ihrem lieben schiefen Blick an.

»Du bist hübsch, Tilli«, sagte sie plötzlich.

»Quatsch«, sagte ich und stopfte die Bettdecke noch ein bisschen fester um ihren Körper.

»Du weißt es noch nicht«, sagte Omi. »Aber du bist hübsch.«

»Okay«, murmelte ich und hoffte, sie würde nicht weiter auf dem Thema herumreiten. Ich meine, ich wusste selbst ziemlich genau, woran ich war. Ich war nicht hübsch. Das war eine mathematische Gewissheit. Meine Nase war zu breit, mein Gesicht zu flach, meine Augen zu klein. Das sah nur dann gut aus, wenn ich im Halbdunkel ganz nah an den Spiegel heranging. Außerdem war ich viel zu lang. Mit fünfzehneinhalb schon 1,79 Meter groß zu sein, ist nicht besonders lustig.

»Du solltest es bald herausfinden, sonst verpasst du das Beste«, flüsterte Omi, als würde sie mir ein wichtiges Geheimnis verraten. Ich verdrehte innerlich die Augen. Aber nur innerlich. Schließlich war es Omi.

Zu Hause warf ich mich aufs Sofa und schaltete den Fernseher an. Aber es lief nur Schwachsinn. Nachdem ich mich durch alle Kanäle gezappt hatte, machte ich den Fernseher wieder aus und ging in Babas Schlafzimmer. Dort herrschte wie immer das Chaos. Überall lagen Kleider, Schuhe, Zeitschriften, Bücher. Von uns beiden war Baba eindeutig die Unordentlichere.

Ich räumte mir den Weg zum Spiegel frei und knipste Babas Stehlampe an. Dann zog ich meine Kleider aus und stellte mich in Unterwäsche vor den Spiegel. Was gut war an meinem Körper, das waren meine Beine. Sie waren ziemlich lang und einigermaßen dünn. Um die Hüften setzte ich allerdings ein bisschen Speck an. Wenn ich die Bauchdecke mit beiden Händen Richtung Bauchnabel zusammenschob, sah meine Haut aus wie eine Kugel Hefeteig. Brüste hatte ich dagegen so gut wie überhaupt noch nicht. Vor zwei Jahren hatte ich zum ersten Mal die harten kleinen Knubbel unter dem T-Shirt gespürt. Seitdem hatten es meine Brüste leider gar nicht eilig damit, endlich so groß und rund zu werden, wie ich mir das vorstellte. Im Gegenteil. Körbchengröße A. Wenn überhaupt. Ehrlich gesagt war nicht einmal ein BH nötig, um sie unter dem T-Shirt in Schach zu halten. Sie blieben auch bei den wildesten Sprüngen ganz brav an Ort und Stelle. Im Gegensatz zu Alex' Brüsten. Körbchengröße C. Mindestens. Sie musste ihre BHs in Spezialgeschäften kaufen, weil ihr die aus dem H&M zu klein waren. Behauptete sie. Vielleicht war das übertrieben. Aber ihre Brüste sahen super aus. Eigentlich hatten fast alle aus unserer Klasse schon super Brüste. Nur ich und Marie und Daria und Tini waren flach wie ein Brett. Und Carina Lesch, aber die hatte noch nicht mal ihre Tage gehabt.

Ich setzte mich vor den Spiegel und zwang mich dazu, mir ganz lange ins Gesicht zu sehen. Omi hatte auf jeden Fall unrecht.

Ich war nicht hübsch.

Aber je länger ich da saß, desto gleichgültiger guckte ich. Wie ein Wort, das man hundertmal hintereinander wiederholt, bis es seine Bedeutung verliert. Ich meine, was klar war: Ich musste mit diesem Gesicht durch das Leben gehen. Da war nichts dran zu ändern. Genauso wenig wie an meinen anderen Schwachstellen. Die Bilanz war zwar deprimierend: Ich war hässlich, viel zu groß, war schüchtern wie ein Stockfisch, hatte kleine Brüste, war mittelmäßig intelligent, nicht besonders lustig, hatte keine außerordentlichen Talente. Alles in allem also eine Niete. Aber ändern konnte ich es nicht.

»Also scheiß drauf«, sagte ich zu meinem Spiegelbild. »Scheiß einfach drauf.«

Das Spiegelbild verzog die Mundwinkel zu einem ironischen Grinsen. Ich beugte mich nach vorne und drückte meine Lippen auf den Spiegelbildmund. Ich schob meine Zunge nach vorne und ließ sie über die kühle Oberfläche kreisen. Dabei schmatzte ich und machte den Mund auf und zu. Ich schloss meine Augen und stellte mir vor, ich sei eine Schauspielerin in einem dieser französischen Liebesfilme, auf die Baba so abfuhr.

»Oh, ma chérie, isch 'abe gar nischt gewuust, dass du so gut kannst küüsen«, hauchte ich.

»'Ör auf su reden, chérie, und küüs misch.«

Es war ziemlich albern, mit mir selbst zu knutschen. Ich meine, wenn Baba und Hans in diesem Moment nach Hause gekommen wären, ich wäre in mein Zimmer gerannt und hätte wahrscheinlich vor Scham direkt Selbstmord begangen. Aber ehrlich, es war auch ziemlich schön. Der Spiegel wurde ganz warm, und ich probierte verschiedene Sachen mit der Zunge aus und so, und mein Gesicht wurde nass von meiner eigenen Spucke, und ich kann gar nicht erklären, warum sich das so gut anfühlte, aber ich brauchte eine ganze Weile, bis ich es schaffte, mich von dem Spiegel zu lösen. Dann grinste ich mich selbst ein bisschen belämmert an und wischte Gesicht und Spiegel mit einem Pullover trocken. Ich knipste das Licht aus und ging in mein Zimmer. Mittlerweile ging es auf elf Uhr zu. Baba und Hans waren immer noch nicht zurück. Ich holte das Fragebuch aus dem Nachttisch und schrieb: *Wie viele Gefühle gibt es? Warum passiert an den meisten Tagen eigentlich gar nichts und an manchen Tagen alles auf einmal?*

15

Füchse sind coole Tiere oder: Ich werde wieder rot

Ich war als Erste da. Ich war schon um sieben Uhr aufgewacht und hatte zwei Stunden lang überlegt, was ich anziehen sollte. Am Ende hatte ich mich für Babas rot gepunkteten Trenchcoat entschieden, eine Wahl, die ich schon auf dem Fahrradweg bereute. Der Stoff des Mantels war sehr dünn, und es war überhaupt nicht so warm wie am Vortag. Ich war völlig durchgefroren, als ich in der Stadt ankam. Während ich vor dem Optikerladen stand und auf meine eiskalten Fingerspitzen pustete, klingelte mein Handy. Es war Baba.

»Wo bist du denn?«

»In der Stadt.«

»Aha.«

Sie hörte sich müde an. Wahrscheinlich war sie gerade erst aufgestanden. »Hör mal, Mathilda, das haben wir doch gestern schon ... ich hab ja nichts dagegen, dass du weggehst, aber ich wüsste einfach generell gerne ...«

»Ich hab dir einen Zettel geschrieben«, unterbrach ich sie. »Liegt auf dem Küchentisch.«

»Ah ja. Entschuldige … ich bin noch nicht richtig wach.«

»Schon gut.«

»Also bis später.«

»Bis später.«

Ich hatte gerade aufgelegt, da rief sie nochmal an.

»Wollen wir heute Abend ins Kino gehen?«, fragte sie. »Nur du und ich?«

»Okay, vielleicht.«

»Rasende Begeisterung.«

»Ich bin jetzt in der Pubertät, falls du das vergessen haben solltest.«

»Was genau bedeutet das nochmal?«

»Kein normaler Teenager geht am Samstagabend mit seiner Mutter ins Kino.«

»Wir können ja so tun, als würden wir uns gar nicht kennen und nur zufällig nebeneinandersitzen?«

»Haha.«

»Oder wir bestellen uns eine Pizza und gucken uns zu Hause einen Film.«

»Klingt schon besser.«

»Aber ich darf den Film aussuchen.«

Ich wollte Einspruch erheben, weil Baba eine Schwäche hat für Filme, bei denen man am Ende entweder wahnsinnig traurig oder wahnsinnig verwirrt ist, aber in diesem Moment sah ich Milad, und darum sagte ich schnell: »Jaja, okay«, und beendete das Gespräch.

»Hey«, sagte Milad, als er vor mir stand. »Da wären wir also wieder.«

»Sieht so aus«, sagte ich.

»Schöner Mantel.«

»Danke.«

Milad grinste, dann zeigte er auf seine Trainerjacke und sagte: »Ich dagegen hab mich extra in meine Sportklamotten geworfen. Falls du wieder wegrennst.«

Ich fühlte, wie mir das Blut in den Kopf schoss. Milad lachte und schlug mir mit der Faust leicht gegen die Schulter. »War ein Witz.«

»Ja. Lustig.«

»Was war denn los?«

Ich zuckte die Schultern. Die Sache mit Alex war viel zu verzwickt, als das ich sie ihm hätte erklären können.

»Weiß nicht«, sagte ich. »Können wir nicht einfach so tun, als wär das gar nicht passiert?«

Er lachte. »Okay. Rewind, ja?«

»Ja.«

Er wedelte mit den Armen in der Luft herum wie ein Zauberer, der eine Nummer vorbereitet. Dann stellte er sich vor das Schaufenster des Optikerladens und sagte: »Füchse sind coole Tiere.«

»Ja, voll«, sagte ich und stellte mich neben ihn.

»Du hast *absolut* gesagt.«

»Ich hab *absolut* gesagt?«

»Du hast *absolut* gesagt.«

»Wieso weißt du das so genau?«

»Ich hab nichts vergessen von dem, was du gesagt hast.« Er guckte mich an und grinste belustigt. »Ah. Schon wieder erwischt.«

Dass ich auch immer direkt rot werden musste, das war wirklich eine Krankheit bei mir. »Fick dich.«

»Bitte was?«

»Hast mich schon verstanden.«

»Füchse sind jedenfalls coole Tiere.«

»Absolut.«

»Absolut.«

»Gut, dass wir darüber geredet haben.«

»Find ich auch.«

»Gehen wir jetzt endlich mal spazieren?«

Er lachte. »Aber natürlich.«

16

Der erste Spaziergang oder: Speziell schöne Augen

Wir überquerten nebeneinander den Marktplatz und gingen durch die Gassen der Altstadt hinunter zum Fluss. Dort wandten wir uns nach links und liefen am Fluss entlang Richtung Autobahnzubringer. Ich war wahnsinnig nervös, aber zum Glück übernahm Milad erst mal die Sache mit dem Reden. Er erzählte von seiner Arbeit in der Autowerkstatt und wie beschissen es war, die eigenen Eltern zum Chef zu haben.

»Die meisten Leute denken, das wäre entspannt, aber am Arsch«, sagte er. »Mein Vater sagt, wenn ich mich nicht bald auf die Reihe kriege, schmeißt er mich raus. Wer gibt dir noch eine Lehrstelle, wenn dein eigener Vater dich gefeuert hat?«

»Und deine Mutter?«

»Meine Mutter. Meine Mutter ist okay, aber sie würde nie irgendwas gegen meinen Vater sagen.«

»Meine Mutter macht nichts lieber, als Sachen gegen meinen Vater zu sagen.«

»Klingt auch nicht nach dem ganz großen Spaß.«

»Nee.«

Wir ließen die letzten Häuser der Stadt hinter uns und kamen in die Flur. So wird der Teil zwischen Stadtrand und Autobahnzubringer genannt. Alle Leute, die uns entgegenkamen, hatten einen Hund dabei. Oder sie waren sehr alt. Oder sie joggten. Es waren ziemlich viele Leute unterwegs, und der Weg war so schmal, dass wir jedes Mal hintereinandergehen mussten, um ihnen auszuweichen. Irgendwann bogen wir deshalb rechts auf einen Feldweg ab.

»Mein Vater will, dass ich die Werkstatt mal übernehme«, sagte Milad und kickte einen Stein über den Weg. »Aber da werf ich mich lieber wirklich vor einen Zug.«

»Darüber macht man keine Witze.«

»Das war auch kein Witz.«

»Hm«, machte ich, und danach sagten wir beide erst mal gar nichts mehr.

Der Weg war ein bisschen matschig und führte leicht bergauf. Rechts und links streckten sich Äcker und Felder in die Landschaft, in den Furchen hockten Krähen und pickten nach Nahrung. Die Welt um uns herum war ganz still geworden, kein Auto, keine anderen Menschen waren zu hören, nur unsere Schritte und unser Atem. Ich kann mit Natur eigentlich nicht besonders viel anfangen, aber durch diese Ackerlandschaft zu spazieren, das haute mich irgendwie um. Vielleicht lag es auch daran, dass Milad neben mir lief. Der Effekt wäre wohl ein anderer gewesen, wenn ich mit Tobi über diesen Feldweg gelatscht wäre und er mir mit seinem botanischen Wissen das Ohr abgekaut hätte. Aber es wäre auch nicht das Gleiche gewesen, wenn ich mit Milad durch eine Einkaufsstraße oder so gelaufen wäre, es war irgendwie die Kombination, die mich so flashte. Diese fast apokalyptische Stille, der Geruch von feuchter Erde und Gras und ich und Milad mittendrin.

»Ich hab noch keine Ahnung, was ich mal werden will«, nahm ich das Gespräch nach einer Weile wieder auf.

»Das mit dem Werden ist eh Schwachsinn«, sagte Milad. »Du bist ja schon was. Du musst nur rausfinden, was.«

Ich lachte. »Aus dem Spruchkalender für buddhistische Automechaniker, oder was?«

»Lach nur. Immerhin weiß ich, was ich bin.«

»Und was bist du?«

»Sag ich dir vielleicht irgendwann mal.«

Er guckte mich an und zog die linke Augenbraue nach oben. Das Blut schoss in meinen Kopf, und zum dritten Mal an diesem Tag wurde ich knallrot.

Als wir zu einem kleinen Waldstück kamen, blieben wir stehen und drehten uns um. Wir waren eine Weile bergauf gelaufen und konnten die Stadt nun beinahe ganz übersehen. Am Horizont zogen graue Wolken auf, und ein leichter Wind wehte uns entgegen. In der Ferne rauschte kaum hörbar die Autobahn. Wir setzten uns auf ein paar Baumstämme, die am Wegrand aufgestapelt worden waren. Ich guckte nach oben in den Baum über uns, in dem irgendwo ein Vogel saß und sang. »Ich glaub, das ist ein Zilpzalp.«

»Ein was?«, fragte Milad.

»Den Zilpzalp sieht man eigentlich nie. Man hört ihn, aber man sieht ihn nicht.«

Milad folgte meinem Blick, und eine Weile lang spähten wir mit zusammengekniffenen Augen in die Baumkrone, aber den Vogel konnten wir nicht entdecken.

»Ein Zilpzalp also«, sagte Milad und sah mich an. »Aha.« Sein Gesicht war direkt neben meinem, und wir guckten uns an, und ich hätte mich nur nach vorne beugen müssen, um ihn zu küssen. Theoretisch.

»Warte«, sagte Milad. »Bleib mal so. Nicht bewegen.«

Er griff in seine Jackentasche und holte ein kleines Skizzenbuch hervor.

»Du zeichnest?«

»Nicht bewegen!«

»Okay, okay«, sagte ich, und dann fing Milad an, mich zu zeichnen. Es dauerte eine Ewigkeit. Ich hörte, wie der Bleistift über das Papier kratze. Wenn ich nur leicht mit dem Kopf wackelte, machte Milad »A-a!« und hob den Zeigefinger. Als er endlich fertig war, war er nicht zufrieden.

»Zeig mal«, sagte ich.

»Nein.«

»Jetzt zeig doch mal.« Ich lachte und drehte das Buch in meine Richtung. Die Zeichnung war ziemlich gut. Und sie sah mir tatsächlich ein bisschen ähnlich.

»Wow«, sagte ich. »Aber ich hab doch gar keine Sonnenbrille auf.«

»Nee«, sagte Milad. »Aber ich hab deine Augen nicht getroffen. Du hast irgendwie so spezielle Augen.«

»Speziell schwierig zu zeichnende Augen?«

»Nee, speziell schöne.«

»Aha«, sagte ich und stand ein bisschen zu schnell auf. »Lass uns mal zurückgehen. Ich glaub, es regnet bald.«

17

Die Autobahn
oder: Einundzwanzig, zweiundzwanzig, dreiundzwanzig

Kurz nachdem wir losgelaufen waren, fing es an zu gewittern. Zuerst nieselte es nur, und am Horizont zuckten einzelne Blitze über den Himmel. Der Donner rollte verzögert irgendwo weit hinten über die Ebene, aber schon bald wurden die Abstände kürzer. Ein starker Wind blies uns entgegen, der Regen wurde immer heftiger, und dann kam es runter wie aus Eimern. Ich hatte noch nie in meinem Leben so einen Regen erlebt, zumindest nicht, während ich draußen unterwegs gewesen war, in einem Niemandsland aus Feldern und planmäßig gereihten Obstbäumen. Das Wasser schien von allen Seiten zu kommen, es lief mir über die Augen und in den Kragen, in die Schuhe und in die Unterhose. Der Weg vor uns schwamm, und der Donner war so laut, dass ich es mit der Angst zu tun kriegte. Ich nahm Milad an der Hand und fing an zu rennen. In der Grundschule hatte ich irgendwann mal gelernt, was man tun musste, wenn man bei Gewitter draußen unterwegs war. *Eichen musst du weichen, Buchen sollst du suchen* oder so etwas, an diesen Spruch erinnerte ich mich und auch daran, dass unsere Lehrerin gesagt hatte, es wäre lebensgefährlich, sich bei Gewitter unter einen Baum zu stellen, egal ob Buche oder Eiche. Ansonsten fiel mir nicht mehr viel ein, und ob es schlau war, über diese Ebene zu rennen, während über uns die Blitze fackelten, wusste ich nicht. Aber wirklich darüber nachdenken konnte ich in diesem Moment nicht. Weil ehrlich, ich hatte ziemliche Panik. Milad dagegen schien das Ganze irgendwie Spaß zu machen. Er brüllte und jubelte wie ein Verrückter und riss beim Rennen meine Hand nach oben, sodass wir beinahe gestolpert wären.

»Wahnsinn!«, schrie er. »Das ist Wahnsinn, oder?«

»Ja, totaler Wahnsinn!«, schrie ich zurück. Dass wir von zwei verschiedenen Arten von Wahnsinn redeten, fiel Milad nicht auf.

»Ich liebe es! O Mann, ich liebe das absolut!«

Ich sagte nichts mehr, rannte einfach weiter. Es kam mir so vor, als wären wir alleine auf der Welt, untergetaucht zwischen Himmel und Erde, die Zeit stand irgendwie still, und obwohl ich wahnsinnige Angst hatte, registrierte ich doch, dass ich Hand in Hand mit Milad durch dieses Inferno rannte, und irgendwo in meiner Angst war ein kleines warmes Gefühl und ein Herzklopfen, das nicht so viel mit dem Gewitter zu tun hatte. Irgendwann wurde der Donner langsam leiser, aber wir rannten trotzdem weiter, rannten einfach immer weiter. Und plötzlich waren wir an der Autobahn.

»Ach du scheiße«, sagte ich.

Wir standen an der Leitplanke und guckten auf die Autobahn. Es regnete noch immer in Strömen, aber immerhin hatte es aufgehört zu gewittern. Das Wasser sammelte sich knöcheltief auf dem Asphalt, es sah so aus, als stünden wir an einem schnurgeraden Fluss, der sich rechts und links endlos in den Horizont spannte. Wegen des starken Regens fuhren die Autos eher langsam, aber das Wasser spritzte trotzdem meterhoch, wenn sie an uns vorbeirauschten.

»Was machst du denn da?«, schrie ich, als ich sah, dass Milad anfing, über die Leitplanke zu klettern. Milad grinste und hopste jenseits der Leitplanke auf den Standstreifen.

»Komm!«, schrie er. »Wir gehen rüber!«

»Spinnst du? Das ist eine Autobahn!«

»Ja eben!« Er strich sich mit beiden Händen die Haare nach hinten, die ihm tropfnass am Kopf klebten, und ich musste ein bisschen lachen, weil er danach aussah wie ein Schauspieler in einem Bollywoodfilm. »Jetzt komm schon, Mats!«

»Du spinnst«, sagte ich noch einmal, aber dann kletterte auch ich über die Leitplanke.

Eine Weile sahen wir links die Autobahn hinunter.

»Wir warten, bis ein Auto kommt«, sagte Milad.

»Warum?«

»Sonst ist ja nichts dabei. Über eine leere Autobahn rennen kann jeder.«

In der Ferne tauchte ein Lastwagen auf. Als er etwa auf 100 Meter herangekommen war, schrie Milad: »Jetzt!«

Und dann rannten wir los. Ich kann mich nicht erinnern, jemals in meinem Leben so schnell gerannt zu sein. Und trotzdem kam es mir in diesem Moment so vor, als würde die Zeit unendlich langsam vergehen. Wie in Zeitlupe bei den Olympischen Spielen, wenn die Läufer beim Sprint in das Ziel einlaufen, und du siehst jeden Schritt, den sie machen, wie ihre Muskeln sich spannen, die verzerrten Gesichter und die Arme, die nach vorne und nach hinten schwingen. Alles ist groß und ausführlich und dauert eine kleine Ewigkeit, dabei sind es in Wirklichkeit nur ein paar wenige Sekunden.

Ich erreichte den Mittelstreifen und hechtete über die Planke. Milad folgte mir auf dem Fuß. Hinter uns fuhr wild hupend der Lastwagen vorbei.

»Wow«, sagte Milad.

»Ja«, sagte ich. »Wow.«

Es war fast das gleiche Gefühl wie am Bahnübergang, nur diesmal war es noch besser. Wir standen völlig außer Atem auf dem Mittelstreifen und guckten uns an, das Adrenalin pumpte durch meinen Körper wie ein goldener Wildwasserfluss, und das Grinsen in meinem Gesicht wurde immer breiter und breiter. Und dann küssten wir uns.

Nein, das ist gelogen.

Wir küssten uns nicht.

Wir standen nur da und guckten uns an. Aber wie wir uns anguckten. Einundzwanzig, zweiundzwanzig, dreiundzwanzig. Die Luft um uns herum war plötzlich heller und irgendwie elektrisch.

Milads Augen, das war mir zuvor nicht aufgefallen, waren fast schwarz, die Pupille hob sich nur schwach vom Rest der Iris ab. Darüber die Wimpern, ein dichter, zart geschwungener Kranz, es sah wahnsinnig schön aus, wenn er blinzelte. Vierundzwanzig, fünfundzwanzig, sechsund…

»Das gibt's doch nicht! Mathilda, bist du das?«

Erschrocken fuhr ich zusammen. Auf dem Standstreifen hatte mit blinkendem Warnlicht ein Auto angehalten. Daneben stand meine Klassenlehrerin, Frau Brödermann. Sie sah ziemlich wütend aus.

»Seid ihr vollkommen bescheuert?«, schrie sie. »Was macht ihr denn da?«

In diesem Moment hörte ich, wie Milad hinter mir über die Leitplanke sprang. Ich drehte mich um und bekam gerade noch mit, wie er im Sprint die Fahrbahn der Gegenrichtung überquerte und auf der anderen Seite zwischen den Bäumen verschwand.

Dann war er weg, und ich stand alleine auf dem Mittelstreifen. Der Regen hatte nachgelassen. Die Autofahrer trauten sich, wieder schneller zu fahren.

»Bleib, wo du bist, ich rufe die Polizei!«, schrie die Brödermann zu mir herüber.

Aber ich hörte nicht auf sie. Nachdem ich mich durch einen Blick nach rechts versichert hatte, dass die Straße frei war, rannte ich zu der Brödermann auf den Standstreifen. Ich hatte so viel Tempo drauf, dass ich mit voller Wucht gegen die Leitplanke prallte. Und da hing ich dann, kopfüber, die Füße in der Luft, den Oberkörper in einem Holunderstrauch.

»Mädchen, was machst du denn?«, sagte die Brödermann und half mir auf die Beine. Ich antwortete nicht. Die Tränen stiegen mir in die Augen, und ich machte keinen Versuch, sie zurückzuhalten.

»Steig ein, ich fahr dich nach Hause.«

18

Ich hätte es wissen können
Oder: Auf Sonnenschein folgt Regen, das ist ein Naturgesetz

Heulend und frierend drückte ich mich in den Beifahrersitz. Eine Weile lang sagte die Brödermann gar nichts, reichte mir nur eine Packung Taschentücher. Der Regen hatte mittlerweile ganz aufgehört, und irgendwann beruhigte auch ich mich. Ich putzte mir die Nase und kurbelte das Fenster hinunter. Die Luft war frisch, sie roch nach nassem Gras und nach Erde und irgendwie ein bisschen nach Karamell. Die Brödermann setze den Blinker und fuhr von der Autobahn ab.

»Sie können mich am Marktplatz rauslassen, ich muss noch mein Fahrrad holen«, sagte ich, kurz bevor wir die Stadt erreichten.

»Ist das alles, was du mir zu sagen hast?«

Ich schüttelte den Kopf.

»Wer war der Junge?«

»Er heißt Milad.«

»Und wo ist er jetzt?«

Ich zuckte die Schultern.

»Verstehe.« Sie lenkte das Auto auf den Parkplatz vor der Sparkasse und stellte den Motor ab. »Das war ganz schön gefährlich, was ihr da gemacht habt.«

»Ich weiß.«

»Eigentlich müsste ich dich jetzt nach Hause fahren und mit deiner Mutter sprechen.«

Ich nickte.

»Eigentlich«, wiederholte die Brödermann und lächelte. Oder sagen wir, sie zog ihre Mundwinkel so weit nach oben, dass ich von einem Lächeln ausgehen konnte. »Hat dich erwischt, was?«

Ich sagte nichts. Aber ganz bestimmt wurde ich knallrot. Kann es was Peinlicheres geben, als mit seiner Klassenlehrerin über sowas zu reden?

»Bis Montag, Mathilda.«

»Danke, dass Sie ... ich meine ...«

»Hau schon ab, bevor ich es mir anders überlege.«

Ich stieg aus und klappte die Beifahrertür hinter mir zu. Die Brödermann setzte rückwärts aus der Parklücke und fuhr davon, ohne mich noch einmal anzusehen.

Ich ging zum Optikerladen, schloss mein Fahrrad auf und überlegte, was ich jetzt machen sollte. Ich war klatschnass und zitterte vor Kälte. Aber nach Hause wollte ich trotzdem nicht. Kurz überlegte ich, ob ich in die Ackerstraße gehen und nach Milad fragen sollte. Aber erstens war es unmöglich, dass er schon wieder zurück in der Stadt war, die Autobahn war ziemlich weit entfernt, und er war zu Fuß unterwegs. Und zweitens hätte ich mich sowieso nicht getraut. Ich meine, vielleicht hatte Milad mich ja nicht ohne Grund auf der Autobahn stehenlassen. Vielleicht war der Spaziergang mit mir total langweilig gewesen für ihn. Vielleicht war er froh gewesen, als die Brödermann aufgetaucht war und er endlich eine Gelegenheit gehabt hatte, um abzuhauen.

Eine Weile schob ich mein Fahrrad durch die Altstadt und sah mir die Schaufenster an. Es waren relativ viele Leute unterwegs, wobei ich mich fragte, was die alle da wollten. Die Stadt war so klein, dass es nicht mal für einen H&M reichte. Es gab die Geschäfte, die nötig waren: Apotheken, Optikerläden, Reformhaus, Tierhandlung, Bürobedarf und solche Sachen. Ansonsten war da nicht viel los. Das Beste war die Drogerie am Marktplatz, die war sogar zweistöckig. Ich beschloss, dort hineinzugehen, um mich ein bisschen aufzuwärmen. Ich brauchte sowieso ein neues Shampoo. Dummerweise traf ich dann aber beim Marktplatz auf Alex und David. Sie saßen auf einer Bank vor der Drogerie und tranken Buttermilch.

»Hi Mathilda!«, rief David über den Marktplatz, als er mich sah. Ich winkte ihnen zu und wollte weitergehen, aber David rief: »Komm mal rüber!«

Widerwillig ging ich zu ihnen: »Was ist?«

»Setz dich doch«, sagte David und Alex kicherte.

Ich setzte mich auf die Bank und wartete. David zündete sich eine Zigarette an. Dann sagte er: »Okay, kannst wieder gehen.«

Alex prustete laut heraus.

»Arschloch«, sagte ich und stand auf.

»Hast du das gehört, Alex? Sie hat Arschloch zu mir gesagt.«

»Wer war eigentlich der Typ gestern?«, sagte Alex in einem Tonfall, als würde sie mir diese Frage zum ersten Mal stellen.

»Hab ich dir schon mal gesagt«, antwortete ich. »Keine Ahnung.«

»Was für ein Typ?«, wollte David wissen.

»Das will sie mir eben nicht verraten.«

»Leckt mich doch«, sagte ich und klappte den Ständer von meinem Fahrrad hoch.

»Tatütata«, sagte David und hielt mein Fahrrad am Gepäckträger fest. Alex krümmte sich vor Lachen. Eine kurze Zeit rangelte ich mit David um das Fahrrad, dann riss ich es mit einem kräftigen Ruck nach vorne, wobei David sich anscheinend die Finger klemmte. Er jaulte auf und ließ den Gepäckträger los. Ich rannte ein paar Meter, sprang dann auf den Sattel und trat so schnell ich konnte in die Pedale. Das muss ziemlich albern ausgesehen haben. Alex lachte so laut, dass sich alle Leute auf dem Marktplatz zu ihr umdrehten. David lachte nicht, hoffentlich hatte er sich wenigstens ordentlich wehgetan.

Ich fuhr aus der Stadt raus und nahm den Radweg, der zu unserem Dorf führte. Ich war so wütend, dass ich kaum atmen konnte. Vor allem wütend auf mich selbst. Weil ich so blöd gewesen war und mich zu ihnen gesetzt hatte. Weil ich ja hätte wissen können, dass da nichts bei rauskam. Weil nie was rauskam, wenn Alex dabei war. Da konnte ich noch so oft mit David ins Sportheim einbrechen. Das änderte überhaupt nichts.

Kurz vor dem Ortseingang bog ich ab und fuhr hinter unserem Dorf vorbei auf die Höhe. Der Weg war ziemlich steil, ich musste mich mit meinem ganzen Gewicht auf die Pedale stellen, um vorwärts zu kommen. Schon nach ein paar Minuten war ich völlig außer Puste. Aber ich biss die Zähne zusammen und zwang mich weiter. Als ich die Ebene erreichte, stieg ich ab und warf mich auf den Feldweg. Ich hatte Seitenstechen, und es dauerte eine ganze Weile, bis mein Atem sich wieder normalisiert hatte.

Das Dorf unter mir sah so friedlich aus wie in einem alten Heimatfilm. Unten im Tal schlängelte sich der Fluss. Über dem Fluss die Brücke, die neben der Straße über die Höhe den einzigen Zugang zum Dorf darstellte. Jenseits der Brücke der alte Weinberg, auf dem schon lange kein Wein mehr wuchs, sondern nur noch Gestrüpp. Und über dem Weinberg der Himmel. Nach dem ganzen Regen war er wie verwaschen, graue undefinierte Wolkenberge schwappten über das Panorama und konnten sich nicht entscheiden, in welche Richtung sie weiterziehen wollten. Und echt peinlich, aber ich musste schon wieder heulen, weil das alles so trostlos aussah, und ein bisschen auch, weil dieser Tag so gut angefangen hatte wie schon lange kein Tag mehr und dann doch so beschissen geendet hatte.

Hinterher ging es mir besser. Ich stieg auf mein Fahrrad und fuhr auf der Straße hinunter ins Dorf. Mir fiel ein Gedicht ein, das wir in der vergangenen Woche in Deutsch interpretieren mussten: *Die Luft ging durch die Felder / Die Ähren wogten sacht, / Es rauschten leis' die Wälder, / So sternklar war die Nacht.* Was irgendwie unlogisch ist, weil Wälder rauschen ja auch, wenn die Nächte nicht sternklar sind. Aber es klingt trotzdem schön. Ich sauste bergab, ohne zu bremsen, und dachte, wenn mir jetzt ein Auto entgegenkommt, bin ich tot. Der Wind pfiff mir um die Ohren, und ich fühlte mich für einen kurzen Moment so gut, dass ich schreien musste.

Baba und Hans waren nicht zu Hause. Es lag auch kein Zettel in der Küche. Was mal wieder typisch war. Von mir erwartete Baba, dass ich ihr immer sagte, wo ich war. Aber sie selbst konnte kommen und gehen, wie sie wollte. Im Kühlschrank fand ich einen Rest Nudelauflauf. Ich machte den Fernseher an und zappte ein bisschen durch das Vorabendprogramm. Dann rief ich Baba auf dem Handy an. Mailbox. Ich ging rüber zu Omi. Dort war Baba aber auch nicht. Ich machte Omi das Abendessen und brachte sie ins Bett. Ich schrieb Baba eine Nachricht, dass ich Omi versorgt hatte. Als ich wieder zu Hause war, kam eine Nachricht von Baba: *Du bist ein Schatz.* Mehr nicht. Ich schrieb: *Wo bist du? Wir wollten doch einen Film gucken?* Sie antwortete: *O sch… ein andermal, okay? Bin mit Hans unterwegs, wird spät. Essen ist im Kühlschrank!*

Ich warf das Handy in meine Nachttischschublade, legte mich ins Bett und zog mir die Decke über den Kopf, bis ich das Gefühl hatte, zu ersticken.

19

Manchmal muss man springen oder: Manchmal macht der Regen Musik

Der nächste Tag war ein Sonntag. Als ich aufwachte, regnete es schon wieder. Ich lag in meinem Bett, starrte aus dem Fenster in den grauen Himmel und überlegte, was ich jetzt tun sollte. Mir fiel ein, was Baba zu mir gesagt hatte, als ich zum ersten Mal vom Fünfmeterbrett gesprungen war. Ich war damals neun Jahre alt gewesen, die Freibadsaison war gerade eröffnet worden. Zusammen mit Baba hatte ich unter dem Sprungturm gestanden und die Leiter nach oben geguckt, die sich scheinbar bis in die Wolken zog.

Baba hatte meine Hand genommen und gesagt: »Mathilda, ich sag dir jetzt was, das für das ganze Leben gilt. Du musst da jetzt nicht hochgehen. Aber wenn du es tust, dann solltest du auch springen. Egal, wie groß deine Angst ist, es ist auf jeden Fall besser zu springen, als die Leiter wieder nach unten zu klettern.«

Ich hatte einen ziemlichen Bauchklatscher hingelegt, aber das Glücksgefühl, mit dem ich aufgetaucht und an den Rand geschwommen war, war hundertmal stärker als der Schmerz. Vielleicht hatte Baba recht. Vielleicht ist springen immer die bessere Option. Auch wenn es wehtut.

Bevor ich es mir anders überlegen konnte, nahm ich mein Handy vom Nachttisch und schickte Milad eine Nachricht:

Okay, jetzt sind wir quitt. Wollen wir heute nochmal spazieren gehen, ohne dass einer von uns davonrennt? Mats

Es dauerte keine zwei Minuten, bis er antwortete: *Haha ... klar! In einer Stunde beim Fuchs?*

Wie elektrisiert sprang ich aus dem Bett und schlüpfte in meine Kleider. Als ich mir in der Küche ein Müsli machte, kam Baba aus ihrem Schlafzimmer geschlurft.

»Guten Morgen«, sagte sie und umarmte mich von hinten.

Ihre Stimme klang nach Schlaf und nach schlechtem Gewissen. Ich machte mich los, setzte mich an den Küchentisch und fing an zu essen.

»Hör mal, wegen gestern Abend ...«, fing Baba an.

»Schon gut«, unterbrach ich sie. »Kannst du mich gleich in die Stadt fahren?«

»Es regnet in Strömen. Und es ist Sonntag.«

»Na und? Ich treff mich mit einem Mädchen aus meiner Klasse. In einem Café.«

»Aha. In welchem Café? Und mit welchem Mädchen?«

»Ist das ein Verhör?«

»Ich frag doch nur.«

»Kannst du mich jetzt fahren oder nicht?«

»Ja, klar.«

»Danke.«

Baba zog einen Stuhl heran und setzte sich neben mich. »Unseren Filmabend, den holen wir nach, ja? Und du darfst den Film aussuchen.«

»Hm«, machte ich, während ich die Milch aus der Schale schlürfte. »Ich geh noch ins Bad, dann müssen wir los, okay?«

Milad wartete bereits unter dem Vordach des Optikerladens. Er erkannte mich erst, als ich direkt vor ihm stand. Ich hatte unseren größten Schirm aus dem Garderobenschrank gekramt, ein überdimensional riesiges grünes Teil mit aufgedrucktem Froschgesicht, Baba hatte ihn mal bei irgendeiner Tombola gewonnen.

»Wir haben kein Glück mit dem Wetter, was?«, sagte ich.

Milad lachte und zeigte auf das Froschgesicht. »Was ist das denn?«

»Das ist eine sehr praktische Erfindung namens Regenschirm.«

»Alles klar. Deine Freunde sind auch meine Freunde.«

»Witzig.«

»Ja, ich bin ein witziger Typ. Und jetzt gib mir das mal.«

»Warum?«

»Weil ich der Mann bin. Der Mann trägt den Schirm.«

»In welchem Jahrhundert lebst du denn?«

»Im Gentlemanjahrhundert.«

»Wahrscheinlich.«

Milad lachte und nahm mir den Schirm aus der Hand. »Komm, ich zeig dir was.«

»Was denn?«

»Siehst du dann.«

Wir nahmen den gleichen Weg wie am Vortag, liefen hinunter zum Fluss und dann stadtauswärts Richtung Autobahnzubringer. Der Froschschirm war groß genug für uns beide. Aber er war auch ziemlich schwer. Milad mühte sich sichtlich damit ab, ihn in die Höhe zu halten und über meinem Kopf zu balancieren. Irgendwann konnte ich es nicht mehr mit ansehen.

»Lass mich doch den Schirm tragen, Milad.«

»Nein.«

»Ich bin größer als du.«

»Na und?«

»Wer größer ist, trägt den Schirm. Das ist eine Regel.«

»Und jetzt kommt gleich die Schirmpolizei und verhaftet mich, oder was?«

»Ha, ha.«

»Wer war eigentlich die Frau gestern auf der Autobahn?«

»Meine Deutschlehrerin.«

»Ich hab gedacht, das war deine Mutter.«

»Bist du deshalb weggerannt?«

»Die sah so krass wütend aus. Ich hab gedacht, die macht mich kaputt.«

»Bist du den ganzen Weg zurückgelaufen?«

»Was denn sonst? Geflogen? Aber ich hab auf dem Heimweg was ziemlich Cooles entdeckt.«

»Was denn?«

»Das zeig ich dir jetzt. Wir sind bald da.«

»Okay.«

Neben Milad durch diesen Regen zu laufen, war so schön, dass es fast nicht zu glauben war. Es tropfte auf den Schirm, unsere Schuhe quietschten und machten leise Platschgeräusche, wenn wir in eine Pfütze traten.

»Hörst du das?«, sagte Milad. »Das ist wie Musik.«

»Ja«, sagte ich. »Genau das Gleiche hab ich auch gerade gedacht.«

Ich meine, es war natürlich nicht die Art von Musik, die ich mir kaufen würde, wenn sie auf CD erscheinen würde, es gibt ja so Leute, die können nur mit Regenwaldsound einschlafen oder mit Buckelwalgesängen aus dem Indischen Ozean. Es war die Art von Musik, die nur dadurch zu Musik wird, weil man in dem Moment drin ist, in dem sie entsteht. Eine Weile liefen wir schweigend weiter und hörten einfach zu.

Und das war, wenn man mal genauer darüber nachdenkt, ja schon irgendwie seltsam. Mit wie vielen Leuten, die man erst seit zwei Tagen kennt, kann man schweigend durch den Regen laufen? Ohne sich das kleinste bisschen unwohl dabei zu fühlen?

Irgendwann erreichten wir die Autobahnbrücke. Milad blieb stehen und sah mich erwartungsvoll an.

»Voilà«, sagte er. »Das ist es.«

»Aha«, sagte ich. »Du hast die Autobahnbrücke entdeckt? Ich bin beeindruckt. Die hat bestimmt vor dir noch niemand gefunden.«

»Du Nuss«, sagte Milad und lachte. »Das meine ich.« Er zeigte auf den Betonpfeiler der Brücke. »Der ist mindestens vier Meter breit.«

»Ja, tatsächlich«, sagte ich. »Ein Wunderwerk der Architektur.«

»O Mann«, machte Milad. »Das ist ein Spot, verstehst du nicht? Ich will da was hin bomben. Ein Graffiti.«

»Im Ernst? Hast du sowas schon mal gemacht?«

»Ja, einmal, vor zwei Jahren, mit Freunden. Aber wir sind erwischt worden, Anzeige wegen Sachbeschädigung und so weiter, mein Vater ist total durchgedreht. Ich musste ihm versprechen, dass ich nie wieder eine Spraydose in die Hand nehme. Aber es reicht mir nicht, immer nur in meine Hefte zu zeichnen. Ich will was Großes machen, ich will, dass die Leute das sehen.«

»Ich kann Schmiere stehen, wenn du willst.«

»Wirklich? Das würdest du machen?«

»Immerhin kann ich dann sagen: Ich war dabei, als er sein erstes Bild gemalt hat. Wenn du in ein paar Jahren weltberühmt bist. So wie Banksy. Niemand weiß, wer du bist, aber ich gebe ein Fernsehinterview nach dem anderen und verdiene Milliarden.«

Milad lachte. »Solange du mich manchmal zum Essen einlädst, ist das okay.«

»Deal.« Ich streckte meine Hand aus und Milad schlug ein.

»Apropos«, sagte er. »Hast du was zu essen dabei?«

»Nee«, sagte ich. »Aber ich hab auch langsam Hunger.«

Milad tippte auf seinem Handy herum und sagte: »1,5 Kilometer von hier ist ein Dorf. Mit Gasthaus. Da kannst du direkt mal anfangen, unsere geschäftliche Vereinbarung einzulösen. Ich nehme eine große Cola und ein Jägerschnitzel mit Pommes, wenn das okay ist.«

»Ist klar«, sagte ich. »Aber gib mir endlich mal diesen Schirm. Ich trag den jetzt.«

»Was kann ich dafür, dass du den größten Regenschirm auf der Welt mitnehmen musstest«, sagte Milad. »Der wiegt mindestens fünfzig Kilo.«

»Alles nur eine Frage der Technik«, sagte ich und kippte den Schirm ein bisschen nach hinten, sodass der Stiel bequem auf meiner Schulter zu liegen kam.

»Du bist so groß.«

»Oder du zu klein.«

»Oder wir sind beide genau richtig.«

»Hm«, machte ich, und es fühlte sich irgendwie gut an.

20

Tristan und Isolde
oder: Die Welt schwimmt

Als wir in dem Dorf ankamen, stellten wir fest, dass das Gasthaus zwar geöffnet hatte, die paar Cent, die wir in den Taschen hatten, aber nicht einmal für eine Portion Pommes reichten.

»Jägerschnitzel, adieu«, sagte Milad. »Und was machen wir jetzt?«

»Keine Ahnung«, sagte ich und setzte mich auf eine Bank, die unter einer großen Linde stand. Sofort hatte ich eine nasse Hose. Aber das machte auch keinen Unterschied mehr. Ich war sowieso ziemlich durchgeweicht, und kalt war mir auch und Hunger hatte ich auch. Plötzlich, es war fast nicht zu glauben, öffnete sich ein Fenster im Haus gegenüber, und eine Frau streckte ihren Kopf heraus.

»Hallo ihr!«, rief sie uns zu. »Wollt ihr einen Kakao?«

Milad und ich guckten uns an und grinsten.

»Und ob!«, rief Milad.

»Na, dann kommt!«

Die Frau verschwand aus dem Fenster und erschien kurz darauf in der Tür des Hauses. Sie war ziemlich dick und sah irgendwie älter aus, als sie war. Obwohl ich ja gar nicht wusste, wie alt sie war. Aber besser kann ich das nicht erklären. Ihre Wohnung war so vollgestopft, dass wir den Weg ins Wohnzimmer im Gänsemarsch zurücklegen mussten. Überall standen Kartons herum. Zuerst dachte ich, dass sie vielleicht gerade umzog. Aber als ich sie danach fragte, antwortete sie erstaunt: »Wieso?«, und als ich auf die Kartons zeigte, da sagte sie: »Ach nein, das sind einfach meine sieben Sachen.«

Was eine leichte Untertreibung war. Die ganze Wohnung stand voll mit diesen Kartons, sogar im Badezimmer und in der Küche stapelten sie sich.

»Man weiß nie, was man noch brauchen kann«, sagte die Frau. Sie öffnete einen Karton und zog eine schwarzhaarige Perücke heraus. »Tosca, 1991.«

Ich verstand nur Bahnhof.

»Schon mal was von Puccini gehört?«

Sie kramte weiter in dem Karton herum und holte ein Messer heraus. »Damit habe ich Scarpia getötet, diesen liebesgeilen Bock. Er packt mich, er hält mich fest und stöhnt. Und ich, in letzter Verzweiflung, ich stoße ihm das Messer in die Brust. *Questo è il bacio di Tosca.*«

Bei den letzten Worten war sie laut geworden, sie hob das Messer in die Luft und fuchtelte damit herum.

»Meine Güte, war ich gut damals«, sagte sie und betrachtete das Messer mit einem liebevollen Blick.

Ich guckte Milad an, er guckte mich an, wir guckten zur Haustüre und schätzten ab, wie lange wir für einen Sprint durch den vollgestellten Flur brauchen würden. Aber dann legte die Frau das Messer zurück in den Karton und klatschte in die Hände. »Kakao!«, rief sie und verschwand in der Küche.

Das wäre natürlich ein geeigneter Zeitpunkt gewesen, um abzuhauen. Aber dann blieben wir doch sitzen. Draußen regnete es immer noch. Und so wirklich gefährlich wirkte die

Frau auch nicht. Eher wie eine, die nicht mehr alle Latten am Zaun hat. Es stellte sich heraus, dass sie Opernsängerin gewesen war. Sie hatte anscheinend wahnsinnig wichtige Opernrollen gesungen und warf ständig mit irgendwelchen Namen um sich, aber was weiß ich, ich kannte mich ja nicht aus.

»Strauss, Puccini, Beethoven, Berg, Humperdinck, Verdi, Mozart, Wagner. Wagner. Am allerliebsten Wagner.«

Und bei jeder Rolle hatte sie hinterher anscheinend das Kostüm mitgehen lassen. Manchmal auch gleich noch das halbe Bühnenbild mit dazu. Irgendwann hatte sie dann einen Hörsturz gehabt und konnte nicht mehr als Sängerin arbeiten, seitdem lebte sie zwischen diesen Kartons, in denen sie ihre Vergangenheit lagerte. Und das war, wie mir ziemlich schnell klar wurde, dann auch der Grund, warum sie uns zu sich eingeladen hatte. Sie brauchte Publikum. Sie wollte den ganzen Kram jemandem zeigen. Wir saßen auf ihrem Sofa und guckten ihr dabei zu, wie sie einen Karton nach dem anderen öffnete und in ihren Erinnerungen herumschwamm. Die Welt hinter den Fensterscheiben schwamm auch. Der Kakao war pappsüß, und Milad und ich saßen so eng auf dem Sofa nebeneinander, dass sich unsere Oberschenkel berührten, und all das zusammen machte mich irgendwie ganz belämmert, und ich hatte die ganze Zeit ein dämliches Grinsen im Gesicht, das ich einfach nicht wegkriegte.

Und dann fing die Frau auch noch an zu singen. Sie hatte das Kostüm gefunden, in dem sie die Isolde gegeben hatte. Das war ihre Paraderolle gewesen, wie sie sagte. *Tristan und Isolde.* Das hatte man ja schon irgendwie mal gehört. Obwohl ich jetzt absolut nicht sagen könnte, um was es da ging. Um Liebe wahrscheinlich. Und am Ende war mindestens einer von beiden tot. Oder beide. Weil das zu solchen Geschichten dazugehört. *Tristan und Isolde.* Da kriegte man ja schon beim Titel das Heulen.

»Mal sehen, ob ich noch reinpasse«, sagte die Frau und zog sich das Kleid über den Kopf. Die Nähte knackten, und sie kriegte es nicht über die Hüfte, aber trotzdem passierte was Seltsames mit ihr, als sie das Kleid anhatte. Sie sah plötzlich viel jünger aus, und dann streckte sie plötzlich die Arme aus, was ziemlich dramatisch wirkte, ich hätte beinahe laut losgelacht. Aber dann sang sie. Und Junge, Junge. Hörsturz oder nicht, die Frau hatte es drauf. Ich kann mit Oper ja gar nichts anfangen, aber wie diese Frau da stand, zwischen all diesen Pappkartons, mit diesem Kleid, das sich wie ein Schwimmreifen um ihre Taille rollte, und wie sie für uns sang, als wären wir ein richtiges Publikum, das haute mich um. Endgültig.

Und ich fing tatsächlich an zu heulen. Was ärgerlich war, weil ich gar nicht heulen wollte, ich war ja überhaupt nicht traurig. Aber so ist das bei mir. Ich heule ja ständig wegen irgendwas und meistens hat das nicht so viel zu bedeuten. Aber das kapieren die Leute nicht. Nie. Nur Baba kapiert das. Weil sie genauso ist. Wenn wir einen traurigen Film gucken, dann flennen wir neunzig Minuten lang völlig ungehemmt. Im Kino drehen sich dann immer alle zu uns um und gucken ganz entsetzt, als würden wir gerade sterben und nicht die Schauspieler auf der Leinwand.

»Alles okay bei dir?«, fragte Milad und legte seine Hand auf meine Schulter, was ein bisschen unbeholfen wirkte. Die Frau lächelte, dann zog sie das Kleid aus, wobei die Naht an einer Seite aufplatzte.

»Ach verdammt«, sagte die Frau und guckte auf das kaputte Kleid, als würde es dadurch wieder ganz werden.

»Das war dann wohl meine letzte Vorstellung als Isolde.«

»Das war schön«, sagte ich und wischte mir die Wangen trocken.

»Ja?«, fragte die Frau.

Ich nickte und applaudierte. Milad klatschte auch. Natürlich war es ein jämmerlicher Applaus. Aber trotzdem schien die Frau sich ziemlich darüber zu freuen. Am Ende schenkte sie mir dann das Isolde-Kleid. Ich sagte, ich könnte das auf keinen Fall annehmen, aber sie ließ nicht locker, und Milad schenkte sie einen Zylinder, den sie aus einem anderen Karton gekramt hatte. Als wir die Haustür hinter uns zumachten, fiel mir ein, dass sie uns nicht mal gesagt hatte, wie sie hieß. Ich guckte noch auf das Klingelschild, aber es war nicht beschriftet.

21

Gewitter im Kopf oder: Der peinlichste erste Kuss aller Zeiten

Der Regen hatte aufgehört, die Luft roch angenehm frisch. Milad grinste und hielt mir seinen Arm hin. »Schönes Fräulein, darf ich's wagen?«

Ich hakte mich bei ihm unter, und wir liefen auf dem gleichen Weg, den wir gekommen waren, wieder zurück Richtung Stadt. Das Isolde-Kleid war mir ein bisschen zu groß, wie ein lachsroter Sack hing es um meinen Körper. Normalerweise hätte ich mich niemals in so einem Aufzug auf die Straße getraut. Aber an diesem Tag und mit Milad zusammen war mir alles egal. Er trug den Zylinder, den die Opernsängerin ihm geschenkt hatte, und benutzte den zusammengeklappten Froschschirm als Spazierstock. Jedes Mal, wenn ich ihn von der Seite anguckte, musste ich mir das Lachen verkneifen.

»Du siehst so bescheuert aus.«

»Sagt die Richtige.«

Eine Mutter mit einem Kinderwagen kam uns entgegen. Das Kind zeigte auf uns und rief: »Warum haben die so komische Kleider an?«

Die Mutter ignorierte die Frage und lief schnell an uns vorbei. Milad lachte.

»Weißt du, wo wir jetzt hingehen sollten?«

»In die Irrenanstalt?«

»Auf die Burg.«

Die Burg war so ziemlich die einzige Attraktion der Stadt. Ich war schon einmal mit Hans und Baba dort gewesen, im Sommer, kurz nachdem die beiden sich kennengelernt hatten. Hans hatte uns zwei Tage lang durch die Stadt geschleift und Vorträge gehalten, bis wir es irgendwann müde geworden waren.

»Vergiss es einfach«, hatte Baba gesagt. »Wir werden uns nie für deine Stadt begeistern. Da können die Hugenotten zehnmal hier gewesen sein.«

»Ihr seid Banausinnen«, hatte Hans gesagt.

»Nein, mein Lieber«, hatte Baba gesagt und ihm in die Wange gezwickt. »Wir sind Berlinerinnen.«

Aber jetzt mit Milad zur Burg zu gehen, war alles andere als langweilig. Wir nahmen nicht den offiziellen Weg, sondern stiegen eine schmale Treppe hinauf, die sich zwischen Brombeersträuchern und anderem Gestrüpp zur Burg hoch schlängelte. Die Stufen waren schmal und aus brüchigem Sandstein, Unkraut wucherte zwischen den aufgeplatzten Steinen. In meinem Isolde-Kleid fühlte ich mich wie in einer anderen Zeit. Burgfräulein Mathilda und Sir Milad, auf dem Weg durch das Unterholz.

Die Burg war nicht besonders groß, und sie war in einem schlechten Zustand. Im Burghof gab es einen Souvenirshop und ein kleines Café. Die Innenräume der Burg waren zum größten Teil nicht mehr vorhanden, und was noch da war, war wegen Einsturzgefahr für Besucher gesperrt. Aber es gab einen Turm, den sogenannten Bergfried, den man gegen Eintritt hinaufsteigen konnte. Im Sommer waren relativ viele

Touristen dort oben, an diesem Tag waren Milad und ich die einzigen Besucher. Der Souvenirverkäufer saß vor seinem Laden und rauchte eine Zigarette.

»Können wir auf den Turm?«, fragte ich ihn.

»Was wollt ihr denn dort?«, antwortete er und musterte uns. In unserem Aufzug machten wir wahrscheinlich keinen besonders vertrauenswürdigen Eindruck.

»Gucken?«, sagte Milad.

»Kommt vielleicht noch ein Gewitter«, sagte der Mann. »Ist verboten, bei Gewitter auf dem Turm zu sein.«

»Aber jetzt ist noch kein Gewitter«, sagte ich.

»Hm«, machte der Mann.

»Also können wir jetzt hoch?«

»Warten wir noch kurz, ob das Gewitter kommt.«

»Das ist doch Quatsch.«

»Bei Gewitter darf keiner auf dem Turm sein.«

»Ja, das haben Sie schon gesagt«, sagte Milad bemüht freundlich. »Aber jetzt ist das Gewitter ja noch gar nicht da.«

»Da kann ich keine Ausnahme machen, tut mir leid.« Der Verkäufer zog eine neue Zigarette aus der Schachtel und zündete sie an der Glut der ersten Zigarette an. »Habt doch einfach ein bisschen Geduld.«

»Komm«, sagte ich zu Milad. »Das ist mir zu blöd.«

Wir gingen um die Ecke und setzten uns hinter eine Zinne auf die Burgmauer. Milad zog sein Skizzenbuch aus seiner Jackentasche und fing an zu zeichnen. Dieses Mal durfte ich ihm dabei zusehen. Es war faszinierend, wie die Striche auf dem Papier nach und nach zu dem zigarettenrauchenden Souvenirverkäufer wurden. Lässig lümmelte er auf seinem Stuhl, die Zigarette in der einen, die Zigarettenschachtel in der anderen Hand. Wenn ich versuche, Menschen zu zeichnen, scheitere ich spätestens an der Körperhaltung, von den Händen ganz zu schweigen. Hände zu zeichnen ist das Schwierigste. Aber bei Milad ging das so schnell, als sei es die einfachste Sache der Welt.

»Du bist wirklich gut«, sagte ich.

»Hm«, brummte Milad und zuckte die Schultern. Dann klappte er das Buch zu, drehte sich um und sah zu dem Bergfried hinauf. »Ich will jetzt da hoch.«

»Dürfen wir aber nicht«, sagte ich und äffte den Souvenirverkäufer nach. »Kommt ja vielleicht Gewitter.«

»Abwarten«, sagte Milad.

Er stand auf und ging zurück zu dem Souvenirshop. Ich folgte ihm. Der Verkäufer saß immer noch auf seinem Stuhl und rauchte.

»Entschuldigen Sie«, sagte Milad. »Ist es eigentlich erlaubt, in der Ruine herumzuklettern?«

»Sonst noch was?«, brummte der Mann. »Das ist streng verboten.«

»Dann sollten Sie das vielleicht den Jugendlichen da hinten sagen. Die wissen das glaub ich nicht.«

Der Mann sprang von seinem Stuhl auf. »Wo?«

»Da hinten links«, sagte Milad und wedelte mit der Hand in der Luft herum. Der Souvenirverkäufer stürmte wütend davon. Sobald er um die Ecke gebogen war, grinste Milad mich an und sagte: »Nach Ihnen, Mylady.«

So schnell wir konnten, kletterten wir über das Drehkreuz, das den Eingang des Bergfrieds versperrte, und rannten die steile Wendeltreppe im Turminneren nach oben.

»Du spinnst«, sagte ich, als wir oben ankamen.

Milad lehnte sich schwer atmend neben mich an das Geländer.

»Ich brauch das einfach«, keuchte er. »Ich will leben, verstehst du? Das alles ist mir manchmal viel zu eng.« Er zeigte hinunter auf die Häuser der Stadt. »Da wohnen zehntausend Menschen, und die meisten von ihnen interessieren sich für gar nichts. Ein langweiliger Job, vierzig Jahre lang, Familie, Haus bauen, Fernsehgucken, sterben. Ich will was aus meinem Leben machen, ich will es spüren.«

Er beugte sich über das Geländer und brüllte: »Hört ihr das, ihr Zombies? Ich will das Leben spüren! Ich will nicht so werden wie ihr!«

Von unten ertönte ein Pfiff. Der Souvenirverkäufer hatte anscheinend mittlerweile begriffen, dass er verarscht worden war. Er brüllte irgendetwas zu uns hinauf, seine Stimme klang ziemlich wütend und deutlich war das Wort Polizei zu verstehen.

»Komm, wir gehen lieber wieder runter«, sagte ich.

»Gleich«, antwortete Milad. »Ich muss noch was erledigen.«

»Was denn?«, fragte ich.

»Das«, sagte Milad, und dann nahm er meinen Kopf zwischen seine Hände und küsste mich.

Das Ganze passierte so schnell, dass ich mich vor Überraschung verschluckte und husten musste. Milad ließ meinen Kopf los, und ausnahmsweise war jetzt er derjenige von uns beiden, der rot wurde. Schnell drehte er sich um und lief die Treppe nach unten. Ich hätte gerne irgendetwas gesagt, aber mir hatte es vollkommen die Sprache verschlagen. War das gerade tatsächlich passiert? Hatte Milad mich wirklich geküsst? Oder war er nur ausgerutscht und aus Versehen auf meinem Mund gelandet? In die Top Ten der peinlichsten ersten Küsse hätten wir es mit der Nummer auf jeden Fall geschafft. Ich hatte keine Ahnung, wie ich mich jetzt verhalten sollte, und ich war direkt erleichtert, dass unten erst mal der Souvenirverkäufer auf uns wartete, um uns anzuschreien.

»Da, wo du herkommst, könnt ihr vielleicht machen, was ihr wollt!«, brüllte der Verkäufer. »Aber hier, Junge, hier gibt es Regeln und Gesetze, an die man sich halten muss!«

»Ich bin …«, setzte Milad an, aber der Verkäufer schnitt ihm das Wort ab.

»Und Junge, genau deshalb funktioniert dieses Land auch!«, rief er. »Es funktioniert, weil die Leute wissen, dass es nur Chaos gibt, wenn jeder macht, was er will. Guck dir mal unseren Straßenverkehr an, und dann fahr mal nach Indien oder nach Afghanistan oder wo du herkommst. Viel Spaß, sag ich da nur. Und noch eins sag ich dir. Wenn ich dich nochmal hier sehe, dann ruf ich die Polizei und sorge persönlich dafür, dass du richtig Probleme bekommst. Und jetzt hau ab!«

»Ich bin …«, versuchte es Milad noch einmal.

»Hau ab, hab ich gesagt!«

Milad war vor Wut ganz blass geworden.

»Komm jetzt«, sagte ich und zog ihn sanft Richtung Ausgang.

Kurz bevor wir das Burgtor erreichten, drehte Milad sich um und rief: »Ich bin in diesem Land geboren, und ich kenne die Regeln und Gesetze genauso gut wie Sie! Ich will sie trotzdem manchmal brechen. Weil ich nicht so ein trauriger Spießer werden will wie Sie!«

22

Dumme Fragen und dumme Antworten oder: Baba kapiert überhaupt nichts

Wir liefen schweigend den Berg hinunter Richtung Stadt. Milad war in seine Gedanken versunken. Die Auseinandersetzung mit dem Souvenirverkäufer hatte ihn aufgewühlt, das spürte ich. Dass er nur wenige Minuten zuvor versucht hatte, mich zu küssen, schien ihn nicht mehr zu beschäftigen. Mich beschäftigte es dafür umso mehr. In Filmen sind solche Momente immer episch. Junge und Mädchen klettern heimlich zusammen auf einen Turm, Musik, der erste Kuss, endlich, das ganze Kino seufzt erleichtert auf. Was zum Teufel lief falsch bei mir? Vielleicht würde ich später mal darüber lachen, wenn ich meinen Kindern davon erzählte: Ach ja, mein erster Kuss, das war vielleicht ein Fail, ich sag's euch. Aber jetzt war ich weit davon entfernt, das irgendwie lustig zu finden. Weil eines war klar: Milad würde nie im Leben versuchen, mich nochmal zu küssen. Ich hatte es verspielt. Wie immer einfach verspielt.

»Ich kann es nicht mehr hören«, sagte Milad nach einer Weile.

Ich hatte keine Ahnung, wovon er redete. »Was?«

Er bückte sich und riss einen Grashalm aus. »Ich war ein einziges Mal in meinem Leben im Libanon. Ich hab keine Ahnung vom Libanon, verstehst du? Ich bin hier geboren.

Aber ich bin trotzdem der Ausländer. Weißt du, wie oft die Leute mich fragen: Wo kommst du her? Und ich sage: aus Deutschland. Und die Leute: Nein, aber eigentlich, wo kommst du eigentlich her? Was genau wollt ihr hören? Wo mein Vater herkommt? Ja, ich seh ein bisschen anders aus als dieser Souvenirshop-Honk. Na und? Das hier ist trotzdem meine Heimat. Ich hab so keinen Bock mehr, mich erklären zu müssen.«

»Ja, das ist scheiße«, sagte ich.

»In einem Jahr werd ich achtzehn«, sagte Milad. »Und dann bin ich weg hier. Berlin vielleicht. Da sind die Leute sicher cooler drauf als hier.«

»Geht so«, sagte ich. »In Berlin gibt es auch ziemlich viele Vollidioten.«

»Auch so Nazi-Typen wie den grade eben?«

»Keine Ahnung«, sagte ich. »Tut mir leid.«

»Du kannst ja nichts dafür.«

»Tut mir trotzdem leid.«

»Danke.«

»Mich fragen die Leute dafür immer nach meiner Körpergröße. Warum bist du so groß? Wo willst du noch hinwachsen? Wie ist die Luft da oben? Das nervt auch total.«

Milad grinste. »Wir sollten uns vielleicht angewöhnen, auf dumme Fragen einfach noch dümmere Antworten zu geben. Warum ist Mats so groß? Hm, rate mal: a.) Weil sie als Baby immer heimlich den Pflanzendünger getrunken hat, b.) weil ihre Mutter eine Affäre mit einem Halbriesen gehabt hat oder c.) weil es einfach passiert ist?«

»Es könnte b.) sein, meine Mutter hat echt schon mit seltsamen Leuten Affären gehabt.«

Milad lachte.

Und ich war froh, dass es sich zwischen uns wieder einigermaßen normal anfühlte.

»Wollen wir uns morgen wiedersehen?«, fragte ich, als wir auf dem Marktplatz ankamen, und wunderte mich, wie selbstverständlich ich diesen Satz herausbrachte.

»Klar«, sagte Milad. »Ich arbeite bis fünf.«

»Dann hol ich dich ab.«

»Gut.«

Wir standen ein bisschen verlegen voreinander, unschlüssig, wie wir uns verabschieden sollten.

»Also dann tschüss.«

»Bis morgen.«

Wir umarmten uns kurz, und dann ging Milad. Ich blieb stehen und guckte ihm nach. Er hatte eine ziemlich spezielle Art zu laufen. Seine Füße rollten nie ganz ab, sondern balancierten das Gewicht beinahe nur auf den Fußballen, was seinem Gang etwas Tänzelndes verlieh.

»Wie siehst du denn aus?«, fragte plötzlich jemand hinter mir. Ich drehte mich um, und da stand Melek Yilmazer aus meiner Klasse und grinste. »Neuer Style, oder was? Sieht scheiße aus, wenn du mich fragst.«

»Du dagegen siehst natürlich top aus wie immer«, sagte ich, raffte das Isolde-Kleid nach oben und ließ Melek Yilmazer stehen.

»Sei doch nicht so empfindlich«, rief sie mir hinterher. »Ich hab's nicht so gemeint.«

Ich ignorierte sie, aber als ich um die nächste Ecke gebogen war, zog ich das Isolde-Kleid aus, rollte es zu einer Wurst zusammen und klemmte es mir unter den Arm.

Ich hatte keine Lust, nach Hause zu laufen, deshalb rief ich Baba an und fragte, ob sie mich abholte. Als ich an der

Bushaltestelle auf sie wartete, beschloss ich, ihr im Auto von Milad zu erzählen. Es war sowieso seltsam, dass ich das nicht schon längst getan hatte.

»Was ist das?«, fragte Baba und zeigte auf das zusammengerollte Isolde-Kleid.

»Hab ich geschenkt bekommen«, antwortete ich und faltete mich neben Baba auf den Sitz. Unser Auto war ungefähr das kleinste, das man finden konnte, und immer bis obenhin vollgestopft mit Babas Kram.

»Aha, na dann«, sagte Baba. Sie schien sich nicht besonders zu wundern. Überhaupt wirkte sie ein bisschen abwesend, als sei sie in Gedanken ganz woanders.

»Ich hatte einen sehr schönen Tag«, sagte ich.

»Das freut mich für dich«, sagte Baba. »Unser Tag war weniger erfreulich. Hans ist an einer unglaublichen Geschichte dran, wir sind wahnsinnig wütend.«

»Wir?«, fragte ich. »Wer ist wir?«

»Hans und ich. Und du bestimmt auch, wenn du das hörst. Und eine ganze Menge anderer Leute hoffentlich auch.«

»Aha«, sagte ich. Es interessierte mich ehrlich gesagt überhaupt nicht, an was für einer Geschichte Hans dran war. Ich wollte über Milad reden. Aber Baba kapierte gar nichts.

»Das ist wirklich unglaublich, halt dich fest«, sagte sie und schoss mit einem Affentempo in eine Kurve. »Er recherchiert ja schon länger über die Asylunterkünfte der Stadt. Und jetzt hat er herausgefunden, dass eine dieser Unterkünfte höchstwahrscheinlich asbestverseucht ist. Asbest! Ich hab gar nicht gewusst, dass es das überhaupt noch gibt!«

»Krass«, sagte ich. Ich hatte keine Ahnung, was Asbest eigentlich war. Besonders gesund klang es nicht. Aber ehrlich gesagt war es mir in diesem Moment vollkommen egal. Das

Einzige, woran ich denken konnte, war Milad. Immer wieder zogen die Bilder von unserem Spaziergang durch meinen Kopf. Wie wir bei der Opernsängerin auf dem Sofa gesessen hatten und unsere Knie sich berührt hatten. Ich mit dem Isolde-Kleid, er mit dem Zylinder. Die Burg. Der Turm. Der Kussversuch. Wie wir uns verabschiedet hatten. Wie er ausgesehen hatte, als er davongelaufen war. Dass ich ihn morgen wiedersehen würde. Da war kein Platz in meinem Kopf, über etwas anderes nachzudenken. War das egoistisch? Wahrscheinlich schon. Aber ich konnte es nicht ändern. Babas Gerede ging mir wahnsinnig auf die Nerven.

»Morgen erscheint der Artikel«, sagte Baba, als wir in unsere Straße einbogen. »Und dann geht es los. Du wirst sehen.«

»Ja«, sagte ich und schnallte mich ab. »Danke fürs Abholen.«

23

Asbest, Asbest oder: Die Stunden ziehen sich wie Kaugummi

Als ich am nächsten Morgen in die Küche kam, lief Hans wie ein Tiger durch die Küche. Baba saß am Küchentisch und sah ihm dabei zu.

»Guten Morgen«, sagte ich, aber weder Baba noch Hans reagierten. Da erst kapierte ich, dass Hans am Telefon war.

»Sehr gut!«, rief er. »Das ist super. Sag mir Bescheid, wenn du mehr weißt, ich will da dabei sein.«

Er legte auf und setzte sich zu uns an den Tisch. »Der Stadtrat ist stinksauer über den Artikel. Weiß auch nicht, was die sich gedacht haben. Die wollten das Gutachten anscheinend unter Verschluss halten und das heimlich, still und leise irgendwie regeln. Das geht jetzt natürlich nicht mehr. Jetzt ist es öffentlich. Jetzt müssen sie handeln und zwar sofort. Am Mittwoch gibt es eine Sondersitzung.«

»Was für eine Sondersitzung denn?«, fragte ich und goss Milch in eine Tasse. Ich fand Hans unglaublich affig, wie er da neben Baba saß und sich aufplusterte. Die Zeitung lag aufgeschlagen auf dem Tisch. *Geflüchtete im Asbestbau?* war der Artikel überschrieben. Ich rührte Kakaopulver in die Milch und überflog die ersten Zeilen: *Ein Gutachten, das unserer Zeitung vorliegt, kommt zu dem Schluss, dass in der Asylunterkunft Neu-Wartberg schwach gebundener Asbest im Innenbereich festge-*

stellt wurde. Schwach gebundene Asbestfasern können eingeatmet oder über die Haut aufgenommen werden und sind äußerst giftig. In der Asylunterkunft leben momentan rund 900 Menschen, darunter auch viele Kinder.

»Das ist ein Skandal, verstehst du?«, sagte Hans zu mir. »Die Leute müssen da raus. Aber wohin so schnell mit neunhundert Menschen? Deswegen die Sondersitzung. Jetzt muss was passieren, aus der Nummer kommen die nicht mehr raus.« Er haute mit der Faust auf den Tisch, so fest, dass der Kakao aus meiner Tasse schwappte.

»Ich bin so stolz auf dich«, sagte Baba und hängte sich Hans um den Hals.

»Okay, Leute, ich bin dann mal weg«, sagte ich und stand auf, bevor ich anfing zu kotzen.

Seltsamerweise war Hans' Artikel an diesem Vormittag auch in der Schule Thema Nummer eins. Sogar Alex, von der ich gedacht hatte, dass sie nichts anderes im Kopf hatte als Nagellack und Jungs, stand in jeder Fünf-Minuten-Pause auf dem Flur und diskutierte darüber, was jetzt mit den Asylsuchenden passieren sollte.

»Wir könnten einen Aufruf starten«, hörte ich sie sagen. »Jeder, der Platz zu Hause hat, soll jemanden bei sich aufnehmen.«

»Das ist doch Schwachsinn«, sagte Sven Hofer. »Das sind Familien, und die haben ja meistens Kinder wie die Kaninchen. Vier, fünf, acht, neun Kinder oder was. Hast du zu Hause so viel Platz?«

»Nee, aber du«, sagte Alex.

Das stimmte. Sven Hofers Familie hatte Geld, das wussten alle. Sie wohnten in unserem Dorf, und ihr Haus war das

Größte von allen, es stand ganz oben, wie ein Königspalast, vollverglast, Swimmingpool im Garten und alles. Wahrscheinlich hätten die Hofers die halbe Asylunterkunft bei sich unterbringen können. Aber dass das nicht passieren würde, war klar. Sven Hofer war der größte Nazi bei uns an der Schule. Einmal hatten wir in Ethik über den Islam gesprochen, und Sven Hofer war völlig ausgerastet. Seiner Meinung nach war der Islam eine Art supergefährlicher Geheimbund, und quasi alle Muslime hatten zu Hause einen Sprengstoffgürtel im Kleiderschrank.

»Vielleicht«, hatte er gesagt und vor Aufregung einen roten Kopf bekommen, »vielleicht sitzen sie in diesem Moment in den Asylwohnheimen, die *wir* ihnen eingerichtet haben, und planen einen Anschlag, und wenn wir morgen in die Schule kommen, werden wir alle in die Luft gesprengt.«

Das einzig Gute an Sven Hofers Gerede war, dass er damit in unserer Klasse etwas auslöste, das ich den Sven-Hofer-Effekt nannte.

Allen war nämlich inzwischen klar, dass nur Müll rauskam, wenn Sven Hofer den Mund aufmachte. Sogar Melek Yilmazer, die sich sonst fast nie im Unterricht zu Wort meldete, hatte sich zu ihm umgedreht und gesagt: »Wo ist eigentlich der Bus, Junge?«

»Welcher Bus?«, hatte Sven Hofer gefragt.

»Mit den Leuten, die dein Gelaber interessiert?«, hatte Melek geantwortet, und nicht einmal unser Ethiklehrer hatte sich das Grinsen verkneifen können.

Ich hielt mich aus den Diskussionen über die Asbest-Geschichte größtenteils heraus, aber als ich in der Pause auf die Toilette ging und dort zufällig auf Alex traf, die vor dem

Spiegel stand und sich den Lidstrich nachzog, sagte ich: »Der Stadtrat macht am Mittwoch übrigens eine Sondersitzung.«

Sie unterbrach ihre Schminkprozedur und guckte mich an, als sei ich ein widerliches Insekt, das sie am liebsten auf den Fliesen zertreten hätte. Ich ließ mich davon nicht beeindrucken. Seit ich Milad kennengelernt hatte, kratzte mich Alex fast überhaupt nicht mehr.

»Die wollten das Gutachten unter Verschluss halten«, fuhr ich fort, während ich mir die Hände wusch. »Aber das geht jetzt natürlich nicht mehr. Jetzt ist es öffentlich. Jetzt muss was passieren. Die Leute müssen da raus und zwar sofort. Aber wohin so schnell mit neunhundert Leuten? Deswegen die Sondersitzung.«

»Aha«, machte Alex. »Und woher weißt du das?«

»Von Hans«, antwortete ich. »Er hat den Artikel geschrieben.«

Ich ließ Alex vor dem Spiegel stehen und ging zurück ins Klassenzimmer. Innerlich gab ich mir ein High five. Alex würde schon noch einsehen, dass sie sich das falsche Mobbingopfer ausgesucht hatte. Zum ersten Mal seit sehr langer Zeit fühlte ich mich nicht mehr so, als würde ich in einem luftleeren Raum herumschwimmen. Und das hatte ich Milad zu verdanken. Ich freute mich darauf, ihn wiederzusehen, ich wusste nicht, wann ich mich das letzte Mal so auf etwas gefreut hatte. Aber die Stunden zogen sich wie Kaugummi in die Länge, es war nicht zum Aushalten. Als die Schulglocke endlich die letzte Stunde beendete, hatte ich schon fast die Hoffnung aufgegeben, dass das jemals passieren würde. Blitzschnell packte ich meine Sachen und rannte als Erste aus dem Klassenzimmer. Es war 16.55 Uhr. In fünf Minuten würde ich Milad wiedersehen.

24

Ein Herz ist ein Geschenk oder: Omi versteht zwar nichts von WhatsApp, aber sonst alles

Als ich mein Fahrrad aufschloss, summte mein Handy. Ich war ziemlich sicher, dass es eine Nachricht von Baba war, die mir irgendwelche Neuigkeiten wegen Hans' Artikel verkünden wollte. Hastig kramte ich das Handy aus meinem Rucksack. Aber die Nachricht war nicht von Baba. Sie war von Milad.

Hey Mats, es war schön gestern, aber ich kann dich jetzt eine Weile nicht sehen. LG, Milad.

Es ist schwer zu beschreiben, was in meinem Körper passierte, nachdem ich die Nachricht gelesen hatte. Es fühlte sich ungefähr so an, als hätte mir jemand den Stecker rausgezogen. Die ganze Aufregung, die Vorfreude auf das Wiedersehen mit Milad wurde von einer Sekunde auf die andere in ein schwarzes, dunkles Loch gesaugt und in tote Materie verwandelt. Wieder und wieder las ich die Nachricht, und obwohl sie nicht besonders kompliziert geschrieben war, kapierte ich sie trotzdem nicht. Mein Verstand arbeitete unglaublich langsam. Was bedeutete eine Weile? Konnte oder wollte er mich nicht sehen? Oder war das dasselbe? Und wenn ja, warum? Durfte ich ihn danach fragen? Aber hätte er mir den Grund dafür nicht geschrieben, wenn er gewollt hätte, dass ich ihn kannte? Ich hätte gerne geweint, aber ich konnte nicht. Ich legte mich neben den Fahrradständern auf den Asphalt, machte die Augen zu und fühlte mich so leer wie noch nie in meinem Leben.

»He, Mathilda. Alles okay bei dir?«

Ich öffnete die Augen und sah David, der sich über mich beugte und mich besorgt anguckte.

»Ja«, sagte ich und richtete mich auf. »Mir war nur kurz bisschen schwindelig.«

»Soll ich dir helfen?«

»Geht schon.«

Ich zog mein Fahrrad aus dem Ständer und schwang mich schnell auf den Sattel. David war ungefähr der letzte Mensch, mit dem ich mich jetzt unterhalten wollte.

»Warte doch mal, Mathilda!«, rief er mir hinterher. »Wir können doch zusammen fahren!«

Ich ignorierte ihn und raste den Berg hinunter, ohne mich noch einmal umzudrehen. Bei der Eisenbahnschranke warf ich das Fahrrad hinter einen Busch und versteckte mich, bis David an mir vorbeigefahren war. Ich wartete noch eine Weile, um ganz sicher zu gehen, dass er mich nicht gesehen hatte, dann zog ich das Fahrrad aus dem Gebüsch und radelte langsam nach Hause. Mein Körper fühlte sich so schwer und müde an, als wäre ich einen Marathon gelaufen, ich brauchte eine Ewigkeit, bis ich endlich im Dorf ankam. Aber es war vollkommen egal, ich wusste sowieso nicht, was ich mit meiner Zeit anfangen sollte.

Ich hatte gehofft, dass Baba zu Hause war, aber natürlich war sie mit Hans unterwegs. »Wird spät heute! Hab einen Auflauf für dich und Omi gemacht, musst du nur noch aufwärmen! Kusskuss!« stand auf einem Zettel, den ich auf dem

Küchentisch fand. Ich knüllte den Zettel zusammen und warf ihn wütend in den Mülleimer. Nie war Baba da, wenn ich sie brauchte. Seit sie mit Hans zusammen war, war ich für sie nur noch so etwas wie eine Nebenfigur, der man ab und zu Essen kochen und neue Schulhefte kaufen musste. Und gerade jetzt hätte ich sie dringend gebraucht.

»Baba«, hätte ich gesagt. »Ich hab jemanden kennengelernt.« Das war der Satz, mit dem sie mir sonst immer ankündigte, dass sie sich verliebt hatte.

Sie hätte sich auf einen Stuhl fallen gelassen und gesagt: »Du musst mir alles erzählen. Sofort. Von Anfang an.«

Und dann hätte ich ihr alles erzählt. Und wir hätten heiße Schokolade dazu getrunken, und sie wäre schrecklich aufgeregt gewesen, und wir wären Satz für Satz jedes einzelne Gespräch durchgegangen, das ich mit Milad geführt hatte. Baba hätte mir ganz bestimmt erklären können, was Milads Nachricht zu bedeuten hatte, und was ich darauf antworten sollte, sie kannte sich mit solchen Sachen aus.

Aber Baba war nicht da.

Und Omi davon zu erzählen, kam nicht infrage. Omis letzte Verliebtheit war bestimmt hundert Jahre her und von WhatsApp hatte sie sowieso keine Ahnung.

»Was machst du denn für ein Gesicht?«, sagte sie, als sie mir die Tür aufmachte.

Ich murmelte etwas von Stress in der Schule und ging in die Küche, um den Auflauf aufzuwärmen, den Baba vorbereitet hatte. Wobei Auflauf eine ziemliche Übertreibung war. Halbgare Kartoffelscheiben in Sahnepampe wäre die treffendere Formulierung.

Baba ist mit absoluter Sicherheit die schlechteste Köchin auf der ganzen Welt.

»Schmeckt beschissen«, stellte Omi fröhlich fest und schaufelte sich das Zeug in den Mund, als hätte sie seit Tagen nichts mehr gegessen.

»Je schneller man es runterkriegt, desto weniger merkt man davon«, sagte sie zur Erklärung. Die Sahne lief ihr übers Kinn. Ich schob meinen Teller von mir, ich hatte überhaupt keinen Hunger.

»Stress in der Schule, ja?«, sagte Omi, als sie ihren Teller leergeputzt hatte.

»Hm«, machte ich. »Du hast Sahne am Kinn.«

»Macht doch nichts«, sagte Omi, und es war unklar, ob sie das auf die Sahne an ihrem Kinn oder meine schlechte Laune bezog.

Sie drückte meine Hand und sagte: »Schau, es gibt nur zwei Möglichkeiten. Entweder es ist ein Missverständnis oder er ist ein Idiot.«

Ich zog meine Hand zurück und sah Omi perplex an. Sie grinste und lehnte sich in ihrem Stuhl zurück.

»Guck nicht so«, sagte sie. »Glaubst du, ich bin blöd? Ihr habt eure Smartphones und Computer, aber sonst hat sich an diesen Dingen nicht so viel verändert.«

»Es gibt noch eine dritte Möglichkeit«, sagte ich. »Er will einfach nichts von mir.«

»Das fällt dann in die Kategorie Idiot«, sagte Omi.

»Jeder, der nichts von mir will, ist ein Idiot, ja?«

»Nicht jeder, Tilli. Aber jeder, dem du dein Herz öffnest. Ein Herz ist ein Geschenk. Wer das nicht zu schätzen weiß, den sollte man gehen lassen.«

Wenn das so einfach wäre, dachte ich. Aber ich sagte es nicht laut. Weil ich sonst angefangen hätte zu heulen.

»Ja«, sagte ich stattdessen. »Wahrscheinlich hast du recht.«

Dann stand ich auf, um den Tisch abzuräumen. Omi ging ins Badezimmer, um sich die Zähne zu putzen.

»Ich weiß, dass das nicht einfach ist«, sagte Omi, als sie im Bett lag.

Ich zupfte eine unsichtbare Fussel von der Bettdecke und fragte mich, ob Omi über so etwas wie einen sechsten Sinn verfügte. Es war unheimlich, wie sie manchmal genau die Sachen sagte, die mir durch den Kopf gingen.

Zu Hause las ich noch einmal Milads Nachricht, aber mir fiel noch immer nicht ein, was ich zurückschreiben sollte. Und so richtig schien er ja auch nicht auf eine Antwort zu warten. Ich zog mir die Bettdecke über den Kopf und dachte, dass Omi vielleicht recht hatte. Vielleicht war er es einfach nicht wert, dass ich mich in ihn verliebte. Er hatte versucht, mich zu küssen, aber es war schiefgegangen, und vielleicht war es ihm deshalb zu blöd geworden mit mir. So wie er aussah, liefen ihm die Mädchen sicher reihenweise hinterher. Warum sollte er sich mit einer abgeben, die sich so anstellte wie ich? Und wenn es das war, was er dachte, dann war er tatsächlich einfach ein Idiot, den ich am besten so schnell wie möglich vergaß. Der Punkt war nur, es war schwer, so unglaublich schwer.

25

Laune wie Regenwetter oder: Taylor Swift auf PMS

Der nächste Tag war ein Dienstag, und das war der Tag, den ich in der Schule am wenigsten mochte. Doppelstunde Sport am Vormittag und am Nachmittag Chemie, Physik und Geschichte, drei Fächer, in denen meine Noten sich steil nach unten bewegten. Und auch sonst passte alles zu der Laune, mit der ich an diesem Morgen die Augen aufschlug. Das Wetter war grau, und als ich in die Küche ging, hörte ich, wie Baba und Hans im Schlafzimmer miteinander schliefen. Ich hasse es, meiner Mutter dabei zuzuhören, wie sie Sex hat. Ich wette, andere Mütter geben sich wenigstens Mühe, ein bisschen leise zu sein. Aber was andere Mütter tun, hat Baba nie besonders interessiert. Ich stopfte mir Ohropax in die Ohren und schlang in der Küche eine Schale Müsli hinunter.

Als ich mir die Zähne putzte, steckte Baba ihren Kopf durch die Badezimmertür und trällerte ein »Guten Morgen!«.

Ich nahm die Ohropax heraus und sagte: »Was hast du gesagt? Ich hab es nicht verstanden. Hier war es vorhin so laut, da musste ich mir die hier in die Ohren stecken.«

»Tschuldigung«, sagte Baba und kicherte. »Bist du etwa sauer?«

»Nein, angewidert.«

Baba lachte. »Wir reden, wenn du deinen ersten Freund hast, Fräulein. Dann wirst du so einiges verstehen.«

»Warum man so laut vögeln muss, dass das halbe Dorf es mitbekommt, werde ich nie verstehen.«

»Okay«, sagte Baba und lief Richtung Schlafzimmer. »Ich erinnere dich dann daran.«

»Kannst du mich wenigstens in die Schule fahren?«, rief ich ihr hinterher. »Es regnet.«

»Aber sicher, mein Engel«, rief sie zurück. »Ich hatte gerade einen wunderschönen Orgasmus, ich mach alles, was du willst.«

»Ich will das nicht wissen!«, brüllte ich. Aber Baba war schon wieder damit beschäftigt, mit Hans zu knutschen, und hörte mir gar nicht mehr zu.

Auf dem Weg zur Schule saß ich stumm neben Baba und sah aus dem Seitenfenster.

»Gut«, sagte Baba. »Ich versuche, nächstes Mal ein bisschen leiser zu sein, wenn dich das so stört. Okay?«

»Danke.«

Wir erreichten die Stadt, und Baba drosselte das Tempo. »Die Sache mit dem Zeitungsartikel ist wahnsinnig aufregend, nicht? Reden die Leute in deiner Schule darüber?«

»Geht so«, sagte ich.

»Wir sind unglaublich gespannt, was in dieser Sondersitzung morgen passiert. Ich bin so stolz auf Hans, er ist mein Musketier.«

»Er wirkt eher wie jemand, der kein Blut sehen kann.«

Baba schwieg einen Moment, dann sah sie mich von der Seite an und fragte: »Mathilda? Bist du eifersüchtig?«

»Guck nach vorne, Baba. Du fährst eh schon scheiße.«

Baba seufzte und bog in die Straße ein, die zu meiner Schule führte. »Ich wünschte wirklich, du würdest dich mal in jemanden verlieben. Dann könnten wir ganz anders miteinander reden.«

»Ja«, sagte ich. »Schönen Tag auch.«

Ich knallte die Autotür hinter mir zu und wusste ganz genau, dass Baba mir nachguckte. Ich hielt meinen Mittelfinger in die Luft, dann betrat ich das Gebäude, um einen weiteren beschissenen Schultag zu beginnen.

Als ich den Gang entlanglief, der zu meinem Klassenzimmer führte, tippte mir plötzlich jemand von hinten an die Schulter. »He du, warte mal.«

Ich drehte mich um und sah den Schulsprecher unserer Schule, Fabian. Er ging in die Zwölfte, so ein blonder Surfertyp, in den die halbe Mittelstufe, inklusive Alex, verknallt war.

»Ja?«, sagte ich.

»Du hängst mit Milad ab, oder? Ich hab euch letztens zusammen gesehen.«

»Kann sein.«

»Wir sind befreundet. Wir kennen uns vom Skatepark.«

»Aha.« Ich hatte keine Ahnung, dass Milad Skateboard fuhr. Aber ich wusste sowieso fast nichts über ihn. Das war mir in der letzten Nacht klar geworden. Es war völlig bescheuert, sich in jemanden zu verlieben, den man erst vor vier Tagen kennengelernt hatte. Ich kannte ja nicht einmal seinen Nachnamen.

»Wie heißt du?«, fragte Fabian.

»Mathilda«, sagte ich. »Oder Mats. Kannst auch Mats sagen.«

»Mats und Milad«, sagte Fabian. »How sweet.«

Er hob die Hand zum Gruß und verschwand Richtung Chemiesaal. Ich sah ihm nach und dachte, dass ich es ziemlich peinlich fand, wenn Leute Sachen wie *how sweet* sagten. Als ich in unser Klassenzimmer ging, merkte ich, dass Alex und ihre Freundinnen auf dem Gang standen und mich anguckten, als würde mir ein Horn auf der Stirn wachsen. Zum Glück klingelte es in diesem Moment.

Ich rechnete natürlich damit, dass Alex mich nach der Stunde bearbeiten würde. Das tat sie nicht. Aber in der zweiten Stunde, wir hatten Musik und warteten auf den Grün, der immer zu spät kam, flog ein Zettel auf meine Bank.

Willst du bei unserem Auftritt auf der Weihnachtsgala mitmachen? A.

Ich guckte nach hinten, und da sah Alex mich tatsächlich an und lächelte. Richtig nett lächelte sie, und ich dachte, ach du scheiße. Die Weihnachtsgala war so ein Traditionsding an dieser Schule, eine Art bunter Abend, der jedes Jahr am letzten Schultag vor den Weihnachtsferien stattfand. Die Einnahmen wurden einem wohltätigen Zweck gespendet. Auch in unserer Klasse war die Weihnachtsgala seit Wochen Thema, ich glaube Melek Yilmazer und ich waren die Einzigen, die nicht vorhatten, sich in irgendeiner Weise an dieser Gala zu beteiligen. Alex und ihre Freundinnen planten, soweit ich das mitbekommen hatte, eine Tanzchoreografie mit Gesang. Mit Alex und ihren Freundinnen vor der ganzen Schule eine schlechte Karaoke-Version von einem Taylor-Swift-Song oder so zu performen war nicht unbedingt das, was ich brauchte. Andererseits konnte ich das ja nicht ablehnen.

Ich kann aber nicht singen, schrieb ich zurück.

Macht nichts, wir auch nicht, antwortete Alex und dahinter ein Smiley, und das gab mir wirklich den Rest. Vor allem dieser Smiley. Wenn man aussieht wie Alex, dann ist es eigentlich egal, was man macht. Dann steht immer irgendwie ein Smiley dahinter.

Okay, schrieb ich zurück.

Mehr kriegte sie nicht von mir. Mir war ja klar, dass sie das nur machte, weil dieser Fabian mit mir gesprochen hatte. Und ehrlich, da kriege ich Brechreiz, wenn jemand so falsch ist. Obwohl ich, wenn man mal drüber nachdenkt, nicht viel besser war. Ich hätte ja auch zurückschreiben können, dass sie sich ihren Auftritt sonst wohin schieben konnte. Aber was dann los gewesen wäre, wollte ich mir lieber nicht vorstellen. Manchmal war ich ziemlich feige. Meistens eigentlich. Das Blöde am Feigesein ist, dass man denkt, es wäre die angenehmere Variante. Aber das stimmt gar nicht, es macht eigentlich alles nur noch schlimmer. Wie wenn man die Leiter vom Fünfmeterturm wieder hinunterklettert, und alle gucken einem dabei zu.

Die erste Probe fand bereits an diesem Mittag statt. Die Feldmarschall erlaubte uns, nach dem Sportunterricht noch in der Halle zu bleiben. Ich hatte Hunger und schlechte Laune, aber wahrscheinlich hätte ich die Mittagspause sowieso nur damit verbracht, an Milad zu denken und noch schlechtere Laune zu kriegen. Vielleicht würde mich die Probe mit Alex und ihren Freundinnen wenigstens ein bisschen ablenken.

Alex und ihre Freundinnen. Das war wirklich ein Club für sich. Alex war die Hübscheste, und sie hatte die größte Klappe. Aber Jennifer, Tini und Linda versuchten, ihr möglichst alles nachzumachen. Sie zogen sich an wie Alex, hatten die gleichen langen Haare und die gleiche Schminke im Gesicht, sie fanden die gleichen Sachen gut, sie benutzten dieselben Wörter, sie hatten sogar die gleiche Lache. *Das Kleeblatt* sagen manche Lehrer. Oder: *Die siamesischen Vierlinge.* Oder: *Die vier Grazien.* Lehrer sind ja manchmal ganz verrückt auf solche Sprüche. Sie kommen sich dann locker vor oder so.

Sie hatten sich tatsächlich für ein Lied von Taylor Swift entschieden. Keine konnte das singen, vor allem nicht, wenn sie auch noch dazu tanzten. Aber sie schnallten gar nicht, wie blöd das alles war. Sie redeten quasi ständig im Konjunktiv und sagten: »Und dann könnten wir das so machen, und dann könntest du nach vorne gehen und die zweite Strophe singen, und währenddessen könnten wir hinten das und das machen.«

Und dann waren sie über ihre Ideen völlig aus dem Häuschen, aber so richtig proben taten wir es nie. Wir redeten eigentlich nur darüber. Und merken konnte sich das sowieso keine von uns.

Ich hielt meinen Mund und versuchte, irgendwie mitzumachen. Aber irgendwann hielt ich es nicht mehr aus.

»Tut mir leid, Leute«, sagte ich. »Ich schaff das heute nicht. Ich hab meine Tage bekommen und krasse Bauchschmerzen, ich kann echt kaum noch stehen.«

Die billigste Ausrede überhaupt. Funktioniert aber trotzdem immer. Irgendeinen Vorteil kann frau ja daraus ziehen, dass sie das jeden Monat über sich ergehen lassen muss.

»PMS«, sagte Linda und guckte mich mitleidig an. »Kenn ich.«

Ich klärte sie nicht darüber auf, dass PMS die Abkürzung für *Prämenstruelles Syndrom* war und also die Schmerzen vor der Periode bezeichnete. Die Hauptsache war, dass ich aus dieser Turnhalle rauskam.

»Okay«, sagte Alex. »Dann sagen wir dir bei der nächsten Probe, was wir besprochen haben.«

»Okay«, sagte ich. »Cool.«

Ich ging in die Umkleidekabine, um meine Sachen zu holen. In dem Moment, als die Tür hinter mir zufiel und ich endlich alleine war, stiegen mir die Tränen in die Augen. Ich setzte mich. Am liebsten hätte ich alles kaputtgeschlagen, Alex und ihre bescheuerte Choreografie, diese ganze Kleinstadt, Baba, Hans. Und Milad. Vor allem Milad, diesen blöden Idioten, der mir für ein paar Tage das Gefühl gegeben hatte, dass das Leben hier vielleicht doch ganz erträglich war, und dann mit einer einzigen Nachricht alles wieder kaputt gemacht hatte. Ich knallte mein Turnzeug auf den Boden und kickte es mit einem Aufschrei in die Ecke der Umkleidekabine. Dann hörte ich, wie jemand die Spülung der Toilette betätigte. Erschrocken wischte ich mir die Tränen von der Backe und zog in rasender Eile meine Schuhe an. Aber es war schon zu spät. Die Toilettentür öffnete sich, und Melek Yilmazer grinste mich an.

26

Doktor Love stellt eine Fehldiagnose oder: In mir geht das Licht an

»Na«, sagte Melek und ließ eine Kaugummiblase platzen. »Hat's Spaß gemacht mit Alex und den Girls?«

»Lass mich in Ruhe, Melek«, sagte ich.

»Warum machst'n da überhaupt mit?«, fragte Melek und setzte sich neben mich auf die Bank. »Hast du doch gar nicht nötig.«

»Geht dich nichts an.«

Es war sinnlos, mit Melek Yilmazer darüber zu reden. Melek Yilmazer war der größte Freak an der ganzen Schule. Immer Musik auf den Ohren, in jeder Pause in der geheimen Raucherecke hinter der Turnhalle. Es schien sie überhaupt nicht zu stören, dass sie keine Freunde hatte. So jemandem zu erklären, warum es mir wichtig war, dass Alex mich mochte, war reine Zeitverschwendung.

»Deswegen heulste aber nicht, oder?«, fragte Melek und guckte mich an. Sie hatte schöne Augen, das war mir noch nie aufgefallen war.

»Ich hab meine Tage. PMS. Schon mal gehört?«

»Ist klar«, sagte Melek. »PMS ist vor den Tagen. Kannst du deiner Mutter erzählen.«

Ich musste ein bisschen lachen, obwohl ich das gar nicht wollte.

»Also?«, fragte Melek und legte den Kopf schief. »Was ist los? Tante Melek hört dir zu.«

Wieder musste ich lachen. Vielleicht lag es an meiner momentanen Verfassung. Hätte ich mich nicht so grenzenlos einsam gefühlt, hätte ich es nie im Leben in Erwägung gezogen, mich mit Melek Yilmazer über meine Probleme zu unterhalten.

»Pass auf«, sagte Melek. »Wir schwänzen heute Nachmittag und gehen Eis essen.«

»Die Eisdiele ist zu.«

»Egal. Dann gehen wir zur *Dicken Berta.* Aber lass jetzt mal abhauen von hier, bevor Alex und ihre Chicas zurückkommen.«

Nachdem ich Melek alles haarklein erzählt hatte, lehnte sie sich zurück und nickte nachdenklich. Wir saßen in der *Dicken Berta*, am selben Tisch, an dem ich auch mit Milad gesessen hatte. Der Fernseher lief an diesem Tag ohne Ton, es wurde ein Skirennen übertragen. Die dicke Berta glotzte von ihrem Tresen aus teilnahmslos auf den Bildschirm. Ich hatte den Eindruck, dass sie unser Gespräch um einiges interessanter fand als das Skirennen, aber das war mir egal.

»Was genau hat er in der Nachricht geschrieben?«, fragte Melek. »Der genaue Wortlaut, das ist wichtig.«

»Hey Mats, es war schön gestern, aber ich kann dich jetzt eine Weile nicht sehen. LG, Milad«, sagte ich ohne nachzudenken, ich kannte die Nachricht längst in- und auswendig.

»Okay, der Fall ist klar, Mathilda«, sagte Melek und seufzte.

»Warum seufzt du jetzt so? Was soll das heißen, der Fall ist klar?«

»Zähl doch mal eins und eins zusammen.«

»Das versuch ich schon die ganze Zeit.«

»Du kapierst es wirklich nicht, oder?«

»Nein!«

»Du bist so ein Greenhorn.«

»Okay. Dann bin ich eben ein Greenhorn. Klär mich auf, Doktor Love.«

»Schau, es ist so«, sagte Melek. Sie machte eine kleine Kunstpause und betrachtete die Porzellanhunde auf dem Kaminsims. »Er mag dich. Sonst hätte er dir nicht geschrieben. Wenn ein Junge dich nicht mag, schreibt er dir auch nicht.«

»Ist das so?«

»Ja, das ist so.«

»Und warum kann er mich dann nicht sehen?«

»Weil er eine Freundin hat.«

»Er hat eine Freundin?«

»Er ist in der Zwickmühle. Er braucht Zeit, sich über seine Gefühle klar zu werden.«

»Wieso bist du dir so sicher, dass er eine Freundin hat?«

»Was sonst sollte es für einen Grund geben, dass er dich nicht sehen kann?«

»Weil er mich nicht sehen will vielleicht? Weil er mich langweilig findet oder hässlich oder was weiß ich?«

»Dann hätte er doch nicht geschrieben, dass er dich eine Weile nicht sehen kann. Er hätte gar nicht geschrieben, das hab ich dir doch schon erklärt.«

»Und was soll ich jetzt machen?«

»Schreib ihm: *Ok, meld dich einfach, wenn's passt.*«

»Meld dich einfach, wenn's passt?«

»Oder besser: *Alles klar, take your time.* Das ist nicht zu aufdringlich, aber es ist trotzdem klar, dass du ihn gerne wiedersehen willst.«

»Okay, dann schreib ich das.«

Ich holte mein Handy aus dem Rucksack, tippte die Nachricht und drückte auf Senden, ohne noch einmal darüber nachzudenken. »Hab's abgeschickt.«

»Sehr gut.«

»Und wenn er nicht antwortet?«

»Er wird nicht antworten.«

»Aha.«

»Zumindest nicht sofort. Und du schreibst ihm auch auf keinen Fall nochmal. Er denkt jetzt, du bist cool. Wenn du ihm nochmal schreibst, machst du das kaputt.«

»Okay, dann warte ich einfach, bis er sich meldet.«

»Genau.«

Es entstand eine Pause.

»Melek?«, fragte ich. »Woher weißt du solche Sachen überhaupt?«

»Ich hab drei ältere Schwestern. Und ich war auch schon mal mit jemandem zusammen.«

»Wirklich?«

»Ja, wirklich. Stell dir vor. Glaubst du die Liebe ist nur für euch Leute reserviert, die gut aussehen?«

»So hab ich das gar nicht gemeint.«

»Lass stecken.«

Ich wollte noch etwas sagen, aber in diesem Moment summte mein Handy.

Hey Mats. Ist nicht so, dass ich dich nicht sehen will. Mein Vater spinnt gerade. Hab Hausarrest. Wollen wir uns morgen sehen? Dann erzähl ich dir alles … Kuss, Milad

»Ha!«, sagte ich und dann noch einmal: »Ha!« Ich fühlte mich, als hätte jemand in mir drin das Licht angemacht. »Was sagst du jetzt?«

Melek las die Nachricht und grinste. »Auch Doktor Love kann sich irren. Gut für dich, Mädchen.«

»*Kuss, Milad.*« Lächelnd betrachtete ich meinen Handybildschirm. Milad hatte Hausarrest. So einfach war das. Er hatte überhaupt keine Hintergedanken gehabt, er war kein Arsch, er hatte ganz einfach Hausarrest bekommen.

»Kuss«, sagte ich noch einmal. »Er hat *Kuss* geschrieben.«

»O Mann«, sagte Melek und seufzte. »Verliebte Leute sind echt anstrengend.«

27

Der Himmel hat wieder die richtige Farbe oder: In allen Dingen steckt was Gutes

Am nächsten Tag in der Schule setzte ich mich auf den Platz neben Melek. Alex zog die Augenbrauen nach oben, als sie an uns vorbei zu ihrem Pult ging, aber sie sagte nichts.

»Der Grufti und die Bohnenstange«, kicherte Melek. »Geballte Freakpower. Das ist zu viel für sie.«

In der großen Pause schleppte Melek mich mit in die geheime Raucherecke hinter der Turnhalle, und obwohl ich nicht rauchte und Schiss hatte, dass die Lehrer mich sahen, ging ich mit. Alles war besser, als die halbe Pause auf dem Klo zu verbringen, wie ich das sonst immer getan hatte. Fabian war auch hinter der Turnhalle und nickte mir zu, als würden wir uns schon ewig kennen: »Na, Mats, alles klar?«

»Woher kennst du den denn?«, fragte Melek.

»Ist ein Freund von Milad.«

Melek lachte. »Du bist so verknallt in diesen Typen, du kannst ja nicht mal seinen Namen sagen, ohne zu grinsen.«

»Halt die Klappe«, sagte ich. Aber es stimmte. Wenn ich an Milad dachte, musste ich grinsen, ich konnte gar nichts dagegen machen. Seitdem er mir geschrieben hatte und ich wusste, dass ich ihn am Nachmittag wiedersehen würde, war die Welt wieder in Ordnung, der Himmel hatte die richtige Farbe, und nicht mal Alex konnte mir die Laune verderben, als sie vor der fünften Stunde an unser Pult kam und mir mittteilte: »Wir proben heute Nachmittag. Ich hab den Schlüssel für die Sporthalle.«

»Wie wär's, wenn du sie erst mal fragen würdest, ob sie überhaupt Zeit hat?«, sagte Melek.

»Hat dich jemand gefragt, Melek?«, sagte Alex, ohne Melek anzugucken. »Also was ist, bist du dabei?«

Ich zuckte mit den Schultern. »Okay.«

»Gut«, sagte Alex und ging zurück an ihren Platz.

»O Mann«, sagte Melek. »Warum tust du dir das an? Das kapier ich nicht.«

»Musst du auch nicht.«

»Stimmt das eigentlich, dass du sie beim Pinkeln beobachtet hast?«

Ich winkte ab und war froh, dass die Brödermann in diesem Moment das Klassenzimmer betrat und unser Gespräch unterbrach.

Omi sagt, dass in allen Dingen immer etwas Gutes steckt, und vielleicht hat sie damit ja auch irgendwie recht. Wenn diese Sache an meinem ersten Abend im Dorf nicht passiert wäre, hätte Alex mir wahrscheinlich nicht die Milch in den Turnbeutel geschüttet, und dann hätte ich Milad womöglich nie kennengelernt, und neben Melek hätte ich mich wahrscheinlich auch nie gesetzt. Was schade gewesen wäre, weil Melek wirklich nett war und lustig, viel netter und lustiger als Alex. Nur eben nicht so beliebt. Und das war der Punkt. Ich wünschte wirklich, ich könnte wie Melek einfach darauf pfeifen, was Alex über mich dachte. Aber ich wollte trotz allem immer noch, dass sie mich gut fand. So sehr, dass ich mich dafür sogar bei der Weihnachtsgala zum Affen machen würde.

Alex hatte sich dieses Mal besser vorbereitet und fast eine komplette Choreografie ausgedacht. Es war mir natürlich klar, dass ich neben Alex und ihren Freundinnen aussah wie ein Trampeltier, aber immerhin konnte ich mir die Schritte besser merken als die anderen, und als Alex am Ende sagte: »Gut gemacht, Mathilda«, da freute ich mich.

»Danke«, sagte ich und setzte mich auf den Hallenboden.

»Also, ähm, was ich dich mal fragen wollte«, sagte Alex und setzte sich neben mich. »Kennst du Fabian eigentlich gut?«

»Geht so.«

»Ich steh eben bisschen auf ihn.«

»Echt?«, sagte ich und kriegte es hin, ein überraschtes Gesicht zu machen. »Hätte ich nicht gedacht.«

»Ja, ich bin gut darin, mir das nicht anmerken zu lassen.«

»Wenn es sich ergibt, kann ich euch ja mal vorstellen.«

»Das würdest du machen?«

»Klar«, sagte ich und stand auf. »Aber jetzt muss ich los. Du sagst einfach Bescheid, wenn die nächste Probe ist.«

»Mach ich«, sagte Alex und sprang auf, um mich zum Abschied zu umarmen. Ich war so überrumpelt, dass ich einen Moment brauchte, bis ich die Umarmung erwiderte. Zum ersten Mal fiel mir auf, wie klein sie war. Ich meine, ich hatte immer gewusst, dass sie nicht besonders groß war, aber dass ich mich so weit zu ihr hinunter beugen musste, damit hatte ich nicht gerechnet.

28

Du verstehen deutsch?
oder: Schönlinge und Möchtegernnazis

Als ich in der Ackerstraße ankam, wartete Milad bereits vor der Werkstatt auf mich.

»Lass uns schnell abhauen«, sagte er und setzte sich auf den Gepäckträger meines Fahrrads.

»He«, sagte ich. »Sonst noch was?«

In diesem Moment trat ein Mann in einem blauen Overall aus der Werkstatt. Milads Vater, das erkannte ich sofort. Er sah Milad ziemlich ähnlich, nur ein bisschen müder, ein bisschen dicker, aber die gleichen schwarzen Locken und das gleiche freundliche Gesicht.

»Milad!«, rief er und sagte dann etwas in einer Sprache, die ich nicht verstand.

Milad antwortete in derselben Sprache, klopfte mir auf den Rücken und rief: »Gib Gas, Jolly Jumper!«

Ich trat in die Pedale. Milads Vater rief uns etwas hinterher.

»Bis später!«, rief Milad zurück und hob die Hand zum Gruß, wobei er fast vom Gepäckträger kippte.

»Hast du immer noch Hausarrest?«, rief ich Milad über die Schulter zu.

»Ja. Aber das ist mir langsam egal. Ich bin doch kein Kind mehr, das er zu Hause einsperren kann.«

»Dann hab ich dich jetzt sozusagen entführt?«

Milad lachte. »Ja, Isolde, denk mal drüber nach.«

»Warum hast du überhaupt Hausarrest bekommen?«

»Er hat meine Skizzen gefunden. Für das Bild an der Autobahnbrücke. Und ist komplett ausgeflippt. Er ist schon seit über zwanzig Jahren hier, aber er hat immer noch Angst, dass sie eines Tages vor der Tür stehen und ihn wieder zurückschicken. Er hat gesagt, wenn ich noch ein einziges Mal ein Graffiti male, will er nichts mehr mit mir zu tun haben. Für ihn ist das einfach nur kriminell. Er hat keine Ahnung von mir, er weiß überhaupt nichts.«

»Und jetzt?«

»Was, und jetzt?«

»Malst du das Bild?«

»Bist du verrückt? Natürlich nicht!«

»Aber das wolltest du doch unbedingt machen!«

»Ist egal.«

»Das ist doch nicht egal!«

»Nee, nicht generell. Aber jetzt grad ist es egal. Jetzt freu ich mich einfach, dich wiederzusehen.«

»Ja«, sagte ich und war froh, dass Milad mein Gesicht nicht sah, weil ich unter Garantie schon wieder rot anlief.

Intuitiv hatte ich meinen Nachhauseweg eingeschlagen, das fiel mir allerdings erst auf, als wir schon an der Eisenbahnschranke vorbei waren. Ich überlegte, ob ich umkehren sollte, aber dann gefiel mir die Idee, Milad zu mir nach Hause einzuladen. Baba arbeitete, und Omi würde ich schon dazu bringen dichtzuhalten, falls sie uns sehen würde.

»Wir fahren zu mir, okay?«, rief ich Milad zu.

»Cool«, antwortete Milad. »Soll ich mal fahren?«

»Nee, ist okay!«

Tatsächlich war es nicht nur okay, sondern sogar ziemlich schön, mit Milad auf dem Gepäckträger den Radweg entlangzufahren. Er hielt sich an meiner Hüfte fest, ein bisschen fester als eigentlich nötig. Bildete ich mir zumindest ein.

Der Weg ins Dorf war größtenteils flach und führte an einem kleinen Bach entlang, der nach einiger Zeit unten in den Fluss mündete. An dieser Stelle gabelte sich auch der Weg in einen weiteren Radweg, und an der Kreuzung stand ein einsames Haus. Es war baufällig, und der Garten sah aus wie eine Müllkippe. Alte Autoreifen lagen herum, jede Menge Holz, ein Lattenrost, ein mit Unkraut überwachsenes Moped und anderer Kram. Ich hatte mich immer schon gefragt, wer in diesem Haus wohnte. Es war bewohnt, davon zeugte der Rauch, der aus dem Schonsteig stieg, aber ich hatte noch nie jemanden dort gesehen.

An diesem Tag saßen jedoch einige Menschen auf Plastikstühlen vor dem Haus. Zu spät realisierte ich, dass es die Jugendlichen aus meinem Dorf waren. David war dabei und Sven Hofer und der kahlrasierte ältere Junge; eben jener, der mich an meinem ersten Abend aus dem Gebüsch gezogen hatte, außerdem noch ein anderer Junge, den ich nur vom Sehen kannte. Ich trat fester in die Pedale, um möglichst schnell an ihnen vorbeizufahren. Aber David hatte uns längst entdeckt und war auf den Radweg getreten, um uns den Weg zu versperren. Ich bremste ab und sagte: »Was soll das, David? Lass mich vorbei.«

Aber daran dachte er natürlich nicht.

»Wer ist das?«, fragte er neugierig und guckte Milad an.

»Lass uns vorbei«, wiederholte ich.

»Ey, David«, brüllte der Kahlrasierte. »Ist das nicht die Spannerin?«

»Ist schon okay, Zipper. Ich mach das«, rief David ihm zu, aber der Kahlrasierte, den David Zipper genannt hatte, war bereits aufgestanden und kam zusammen mit Sven Hofer und dem anderen Jungen zu uns. Milad stieg vom Gepäckträger und stellte sich neben mich. Mein Körper zog sich zusammen, und mir war plötzlich wahnsinnig heiß. Das hier konnte von einem Moment zum anderen sehr ernst werden, das spürte ich. Vor allem dieser Zipper sah so aus, als würde er nicht lange fackeln. Er guckte Milad an und fragte: »Ist das schon die erste Flüchtlingseskortion oder was?«

»Alter, was?«, sagte David und fing an zu lachen. »Eskortion? Das heißt Eskorte.«

Auch die anderen Jungs mussten grinsen, das nahm Zipper ein bisschen den Wind aus den Segeln. Er zündete sich eine Zigarette an und brummte: »Was auch immer.«

Ich hatte keine Ahnung, von was sie redeten, aber es war mir auch egal. Ich wollte einfach nur nach Hause.

»Hast du das gehört?«, fragte David und guckte mich an. »Mit dem Sportheim?«

Bevor ich antworten konnte, rief Sven Hofer: »Das ist so krass, das kriegen die nie durch.«

»Das kriegen die durch, verlass dich drauf«, sagte Zipper und paffte ein paar Rauchringe in die Luft.

»Der Stadtrat hat heute eine Sondersitzung gemacht wegen dem Asyldingswohnheim. Asbest und so, hast du mitbekommen, oder?«, fragte David.

Ich nickte. »Ja, klar.«

»Und jedenfalls, jetzt sollen die ganzen Leute von dem Asylwohnheim verteilt werden, solange wie das saniert wird. Und ein paar von denen sollen halt auch in unserem Dorf wohnen, im Sportheim.«

»Ist das nicht krass?«, rief Sven Hofer wieder. »Das ist doch so krass.«

Ich dachte, es wäre am besten, jede Diskussion möglichst zu vermeiden und nickte. »Hm. Ja. Krass.«

»Du verstehen Deutsch?«, wandte sich Zipper an Milad.

»Ha?«, machte Milad und guckte Zipper freundlich an.

»Ob du Deutsch verstehen?«

»Ha?«, wiederholte Milad mit dem gleichen, unverändert freundlichen Gesichtsausdruck. Ich hatte keine Ahnung, was das werden sollte.

»Das ist so Einer«, sagte Zipper. »Hab ich's doch gewusst.«

»Wetter gut, ja?«, sagte Milad fröhlich. Ich hätte ihm am liebsten einen Schlag auf den Hinterkopf gegeben.

»Warum hängst du eigentlich mit solchen Leuten rum, Mädchen?«, fragte mich Zipper. »Bist du dir für gar nichts zu schade?«

»Ich putzen«, sagte Milad, bevor ich reagieren konnte.

»Putzen«, wiederholte er und machte eine pantomimische Geste mit einem unsichtbaren Staubsauger.

»Putzen. Aha. Ist das eure Putzfrau, oder was?«, sagte Zipper zu mir.

Ich zuckte mit den Schultern. »Äh, ja, sozusagen.«

»Ach so, na dann«, sagte Zipper. »Ich hab schon gedacht …«

»Wir müssen jetzt dann auch mal«, sagte ich. »Meine Mutter wartet schon. Sie bezahlt ihn ja nicht dafür, dass er hier rumsteht und sich mit euch unterhält. So schön das auch ist.« Den letzten Satz hätte ich mir vielleicht lieber verkneifen sollen. Aber Zipper hatte schon das Interesse an uns verloren.

»Lass mal was essen, Jungs«, sagte er. »Ich hab Hunger wie Gozilla in 3D.«

Er drehte sich um und ging zum Haus zurück. Sven Hofer und der andere Junge folgten ihm. Nur David blieb noch einen Moment lang stehen und guckte mich misstrauisch an.

»Tschüss«, sagte ich und stieg wieder auf mein Fahrrad.

Milad setzte sich auf den Gepäckträger und winkte David fröhlich zum Abschied. »Deutsches Menschen so freundlich! Deutsche Land, schöne Land! Ich liebe deutsche Land!«

Zum krönenden Abschluss summte er dann tatsächlich noch die ersten Noten der Nationalhymne. Ich konnte mir das Lachen verkneifen, bis wir um die nächste Kurve gebogen waren. Dann prusteten wir beide so heftig los, dass wir beinahe in den Graben gefahren wären.

»Du spinnst doch«, rief ich. »Du spinnst einfach. Der hätte dir fast eins in die Fresse gehauen.«

»Dann hätte ich zurückgehauen. Ich hab schon ganz andere Typen krankenhausreif geschlagen. Ich bin klein, aber oho.«

»Jahaha«, lachte ich. »Wahrscheinlich.«

»Fahr zurück!«, rief Milad. »Fahr sofort zurück! Ich mach sie alle platt. Den Möchtegernnazi und den Schönling, der in dich verknallt ist, und die anderen auch. Ich hau sie alle um.«

»Wer ist in mich verknallt?«

»Der Blonde.«

»David? Der ist doch nicht in mich verknallt.«

»Mats, Mats. Du musst noch viel lernen.«

Kurz vor dem Dorf stieg der Radweg an. Ich bremste und sagte: »Steig mal ab, Mister Besserwisser. Den Berg schaff ich nicht mit dir auf dem Gepäckträger.«

»Weil du eben nicht nur dumm bist, sondern auch schwach.«

»Halt doch die Klappe.«

Milad kletterte vom Gepäckträger, und wir liefen den Berg hinauf. Nach ein paar Metern drehte ich mich um und sah zurück. Ich weiß nicht, warum, es war ein Impuls. Und da glaubte ich, David zu erkennen, der in der Kurve stand und uns nachguckte. Aber vielleicht täuschte ich mich auch.

29

Ein ganz normaler Mittwoch im Dezember oder: Ich falle aus der Zeit

Kurz bevor wir bei mir zu Hause ankamen, trafen wir Tobi. Er saß im Carport vor seinem Haus und beobachtete einen Käfer, der auf dem Rücken lag und hilflos mit den Beinen in der Luft herumzappelte.

Ich dachte, dass wir uns vielleicht einfach an ihm vorbeischleichen konnten, aber das war natürlich ein dummer Gedanke. Die Straße war menschenleer, und so blöd war nicht mal Tobi.

»Hallo Mathilda, hallo!«, rief er »Ist das dein Freund?«

»Halt die Klappe, Tobi«, sagte ich freundlich.

Tobi sprang auf und lief auf uns zu. In seinen Händen hatte er schon wieder diese grüne Tupperdose.

»Wollt ihr mal was sehen?«, fragte er.

»Nee, danke«, antwortete ich.

»Na klar«, sagte Milad.

Tobi nickte zufrieden und klappte den Deckel seiner Tupperdose auf. Ich hätte fast gekotzt. Darin lag eine tote Maus.

»Bäh, Tobi, such dir mal ein normales Hobby«, sagte ich und lief weiter. Ich stellte mein Fahrrad vor unserem Gartenzaun ab und drehte mich nach Milad um, aber der war bei Tobi stehengeblieben und betrachtete mit ihm zusammen die Maus.

»Ich glaub, es ist ein Weibchen«, informierte Tobi ihn. »Sie hat so einen dicken Bauch. Vielleicht sind da Babys drin.«

»Du kannst sie ja aufschneiden und nachgucken«, sagte Milad.

»Hab ich mir auch schon überlegt«, sagte Tobi. »Spitzmäuse bekommen bis zu zehn Junge pro Wurf, hast du das gewusst?«

»Nee, das hab ich nicht gewusst.« Milad steckte vorsichtig seinen Finger in die Tupperdose und streichelte die Maus. Tobi strahlte ihn an, als hätte er gerade wer weiß was gewonnen. Vielleicht war das so eine Art Freundschaftstest von ihm, dass er ständig durch die Gegend rannte und den Leuten tote Tiere vor die Nase hielt.

»Siehst du!«, rief Tobi mir zu.

Ich wusste nicht genau, was ich sehen sollte, die ganze Situation ging mir ein bisschen auf die Nerven.

»Kommst du jetzt oder nicht?«, rief ich Milad zu.

»Hat mich gefreut, Tobi«, sagte Milad und hielt Tobi die offene Hand entgegen. Tobi schlug ein und guckte uns hinterher.

Als wir durch den Garten auf die Haustür zuliefen, rief Tobi: »Kommst du jetzt öfter? Du kannst meine Schmetterlingssammlung sehen. Ich hab auch Lego Technic. Und meine Mama kann Apfelpfannkuchen.«

Danach hatte er wohl sein Pulver verschossen, jedenfalls schwieg er und guckte Milad erwartungsvoll an.

»Apfelpfannkuchen?«, sagte Milad. »Mit Zimt und Zucker?«

»Ja.«

»Dann komm ich auf jeden Fall.«

Tobi drehte sich zufrieden um und hopste davon, wobei er die Tupperdose übermütig durch die Luft schwenkte. Ich stellte mir lieber nicht vor, wie die Maus danach aussah.

»Ja, hier wohne ich also«, sagte ich zu Milad und hängte meine Jacke an die Garderobe.

Milad blieb im Gang stehen und guckte sich um. Links gingen Küche und Wohnzimmer ab. Baba hatte eine Wand herausnehmen lassen, sodass aus zwei Zimmern nun ein großer Wohn- und Essbereich geworden war. Rechts vom Gang gab es eine Toilette und eine kleine Abstellkammer, die wir als Garderobenraum nutzten. Eine Treppe führte in den zweiten Stock, wo sich unsere Schlafzimmer und das Badezimmer befanden.

»Willst du mein Zimmer sehen?«, fragte ich Milad.

»Klar«, sagte Milad, und wir stiegen die Treppen nach oben. Als wir an Babas Schlafzimmer vorbeiliefen, machte ich schnell die Türe zu. Babas Chaos war nur Leuten zuzumuten, die psychologisch darauf vorbereitet worden waren.

»Gemütlich«, sagte Milad, als wir mein Zimmer betraten.

»Hm«, machte ich und schob mit dem Fuß eine herumliegende Unterhose unter den Schrank. Milad setzte sich auf das Bett.

»Willst du Musik hören?«, fragte ich.

»Okay.«

Ich scrollte durch die Playlist auf meinem Handy. Ich hatte keine Ahnung, welche Musik Milad mochte. Schließlich entschied ich mich für eine Hip-Hop-Band, die ich von Baba kannte. Im Gegensatz zu den meisten anderen Leuten in meinem Alter hatte ich keine Ahnung, was gerade in den Charts war, dafür kannte ich mich ziemlich gut im vergangenen Jahrhundert aus. Baba hatte eine riesige Plattensammlung, bei uns zu Hause lief quasi ständig Musik. Ich stand auf Old School Hip Hop, Funk, Soul, Blues, Anti-Folk und solche Sachen. Ich bin ein eben bisschen komisch, müssen wir gar nicht weiter drüber reden, weiß ich. Ich hoffte nur, dass Milad keine Krise kriegte. Mit meinen Freundinnen in Berlin hatte ich fast jeden Nachmittag Krieg geführt um den Platz am DJ-Pult.

»Ist das *A Tribe Called* Quest?«, fragte Milad, als die ersten Takte aus meiner Boombox klangen.

»Kennst du?«, fragte ich.

»Natürlich«, sagte Milad und guckte mich ganz seltsam an.

»Nicht gut?«, fragte ich. »Soll ich was anderes anmachen?«

»Nee. Auf gar keinen Fall.«

Ich setzte mich neben Milad auf das Bett, und eine Weile saßen wir einfach so da und hörten der Musik zu. Milad nickte im Takt und als der erste Song vorbei war, sagte er in die Stille hinein: »Wow.«

»Ja«, sagte ich. »Ich mag die auch.«

»Nee«, sagte Milad. »Ich mein dich.«

»Aha«, sagte ich, und natürlich konnte ich nicht verhindern, dass ich knallrot anlief.

»Wow«, sagte Milad noch einmal. »Dann hast du zu all dem anderen auch noch Musikgeschmack.«

Er guckte mich an, und ich guckte ihn an, und es war völlig klar, was jetzt passieren würde. Einundzwanzig, zweiundzwanzig, dreiundzwanzig. In mir verknotete und verdrehte sich alles, und mein Herz klopfte so schnell, als wäre ich gerade von ganz weit oben irgendwo runtergefallen. Und dann küssten wir uns. Ich meine, wir küssten uns wirklich. Es passierte tatsächlich, in meinem Leben, nicht in irgendeinem fantastischen Paralleluniversum oder einem Hollywoodfilm, es passierte mir, Mathilda, auf meinem Bett, an einem ganz normalen Mittwoch im Dezember. Ich hatte nicht gewusst, dass man so glücklich sein konnte, so ganz und gar glücklich, wie aufgeblasen mit Glück, bis in den letzten Winkel des Körpers. Und ich glaube, ich begriff zum ersten Mal in meinem Leben, was Gegenwart wirklich bedeutete. Ich fiel aus der Zeit heraus in diesem einen Moment, und ich wollte nie, nie wieder auftauchen.

30

Schöner als Heroin
oder: Daran ändert auch die peinlichste Mutter der Welt nichts

Die nächste Woche erlebte ich wie in einem Traum. Die Welt um mich herum war so viel lauter und schöner als sonst, nicht nur ein bisschen schöner, sondern zum Durchdrehen schön. Ich hatte immer geglaubt, wenn man verliebt ist, denkt man nur an die eine Person und kriegt überhaupt keinen anderen Gedanken mehr in den Kopf. In gewisser Weise stimmte das auch. Alles hatte irgendwie mit Milad zu tun. Aber trotzdem war ich noch nie so wach gewesen wie in diesen Tagen. Ich wollte alles sehen, ich wollte es in mich hineinsaugen, ich wollte ein Weltstaubsauger sein, der die ganze Schönheit, die plötzlich da war, in sich verschluckt, den Winternebel über dem Fluss, den Himmel, die Menschen, sogar die Kaugummis auf dem Asphalt und die Gesundheitsschuhe von Frau Brödermann – ich fand alles einfach nur wahnsinnig schön. Melek, die sich das in jeder Pause anhören musste, war ziemlich genervt von mir.

»Hast du gewusst, dass dein Gehirn im Moment funktioniert wie das von einer Drogenabhängigen?«, fragte sie mich einmal, als wir in der großen Pause hinter der Turnhalle standen.

»Sagt die Richtige«, sagte ich und zeigte auf ihre Zigarette.

»Nee, im Ernst«, sagte Melek. »Ich hab das gelesen. Wenn man verliebt ist, sind im Gehirn die gleichen Regionen aktiv wie bei Suchtkranken. Es ist, rein gehirntechnisch, nicht so ein großer Unterschied, ob man sich nach einem Menschen sehnt oder nach einer Spritze Heroin.«

Und sie hatte recht. Ich war im Rausch. Ich war süchtig nach Milad. Ich saß im Unterricht und vermisste ihn so sehr, dass ich es fast nicht aushielt. Ich sehnte mich danach, ihn endlich wiederzusehen. Ihn von der Arbeit abzuholen. Händchenhaltend zu mir nach Hause zu spazieren, was Stunden dauerte, weil wir alle paar Meter stehenbleiben mussten, um zu knutschen. Ich wollte mit ihm in meinem Bett liegen, Musik hören, Schwachsinn reden und ihn küssen, bis unsere Lippen ganz wund waren. Ich konnte mir nichts Schöneres vorstellen. Ich vermisste ihn sogar, wenn er auf Toilette ging und ich in meinem Zimmer auf ihn wartete. Es war total bescheuert. Aber schön, so wahnsinnig, wahnsinnig schön.

Wenn Baba arbeitete, trafen wir uns bei mir. Ansonsten liefen wir in der Stadt herum oder saßen bei der *Dicken Berta,* die tagsüber immer leer war, und wo uns niemand beim Knutschen störte. Einmal gingen wir auch in den Skatepark, und Milad stellte mir seine Freunde vor. Zu ihm nach Hause gingen wir allerdings nie. Milad war ziemlich genervt von seinen Eltern und nicht gern zu Hause. Er fühlte sich von ihnen kontrolliert, vor allem von seinem Vater, der ihm nach der Sache mit dem Graffiti immer noch nicht wieder über den Weg traute und ständig fragte, warum Milad neuerdings so selten zuhause war. Als Milad ihm sagte, dass er seine Freizeit nicht damit verbrachte, irgendwelche illegalen Sachen zu planen, sondern dass er sich mit mir traf, war der Vater zwar erleichtert – Milad meinte aber, es sei trotzdem besser, wenn wir uns woanders träfen. Bei ihm zuhause hätten wir wahrscheinlich keine ruhige Minute für uns gehabt, sagte er. Und die brauchten wir dringend, die ruhigen Minuten für uns.

»Kannst du das glauben?«, fragte Milad einmal, als wir ineinander verschlungen auf meinem Bett lagen. Es war ein Samstagnachmittag, Baba hatte Spätschicht und wir hatten das ganze Haus für uns. »Kannst du glauben, dass das gerade wirklich passiert?«

»Nee«, sagte ich. »Das muss irgendein Fehler in der Matrix sein.«

»In der Matrix?«

»Weißt du nicht, was die Matrix ist? Ich hab gedacht, du weißt alles?«

»Weiß ich ja auch. Die Matrix ist eine spezielle Matratzenart, hergestellt mittels eines besonderen Tricks, dem sogenannten Matrix. Soll ich dir erklären, wie er funktioniert?«

»Die Matrix ist eine konstruierte Realität, du Vollpfosten. In der Matrix wird alles von Computern programmiert. Aber das merkst du nicht. Du glaubst, du lebst. Aber nichts davon passiert in echt.«

»Okay. Moment. Also du und ich, wir liegen eigentlich jetzt gar nicht auf deinem Bett?«

»Doch. Wir schon. Wir sind der Fehler in der Matrix. Hab ich doch schon gesagt. Hörst du mir eigentlich zu?«

»Du bist mein absoluter Lieblingsfehler, Mats.«

»Du hörst mir überhaupt nicht zu.«

»Natürlich hör ich dir zu.«

»Das ist nämlich wirklich tragisch. Während wir hier miteinander reden, schwimmen alle anderen Menschen bewusstlos und voll verkabelt in einem Flüssigkeitstank und ihre Gehirne werden computersimuliert. Verstehst du das? Es gibt die anderen gar nicht. Es gibt niemanden außer uns.«

»Und äh, wer ist die Frau, die da in der Tür steht?«

Ich fuhr herum und sah Baba, die im Türrahmen lehnte und grinste.

»Kannst du nicht anklopfen?«, fragte ich wütend.

»Hab ich«, antwortete Baba.

»Und warum überhaupt bist du nicht auf der Arbeit?«

»Ich hab mir freigenommen. Während du hier liegst und knutschst, geht da draußen die Post ab. Falls dich das interessiert. Hans hat Morddrohungen bekommen wegen seines Zeitungsartikels.«

»Okay, schön.«

»Nee, schön ist das nicht.«

»Ich fänd's trotzdem gut, wenn du nicht einfach so in mein Zimmer platzen würdest.«

»Darf ich jetzt auch mal was fragen?«

»Machst du ja sowieso.«

»Wer ist denn der sympathische junge Mann da in deinem Bett?«

»Milad, Baba. Baba, Milad«, sagte ich ungeduldig und machte die entsprechende Handbewegung. »War's das jetzt?«

Aber daran dachte Baba natürlich nicht. Sie lief auf Milad zu, der sich mittlerweile aufgesetzt und mit einem amüsierten Lächeln unseren Dialog verfolgt hatte.

»Hallo, Milad«, sagte Baba und schüttelte Milad die Hand, als hätte sie ihn zu einem Bewerbungsgespräch eingeladen. »Ich bin die Mutter von Mathilda.«

»Hab ich mir schon gedacht. Freut mich, Sie kennenzulernen«, sagte Milad und grinste.

»Sehr gut«, sagte Baba und setzte sich auf die Bettkante.

»Dann hast du dir vielleicht auch schon gedacht, dass ich dir jetzt ein paar Fragen stellen muss. Erstens: Bist du verliebt in sie?«

»Mama!«, entfuhr es mir.

Baba grinste. »Wenn sie mich Mama nennt, ist sie richtig sauer auf mich«, informierte sie Milad. »Aber du und ich, wir verstehen uns, oder?«

»Ja«, sagte Milad.

»Ja – im Sinne von wir verstehen uns, oder ja – im Sinne von du bist verliebt in sie?«

»Beides«, antwortete Milad.

»Gut«, sagte Baba. »Sonst hätte ich dich nämlich sofort aus meinem Haus geworfen. Zweitens: Habt ihr schon miteinander geschlafen?«

»Mama, es reicht!«, rief ich. Baba konnte echt so peinlich sein, ich hätte sie schlagen können.

»Nein, nein, keine Sorge«, sagte Milad gelassen.

»Das freut mich«, sagte Baba. »Falls es irgendwann dazu kommt, weißt du hoffentlich, was zu tun ist. Erstens Verhütung, darüber müssen wir, denke ich, nicht reden. Zweitens, Mädchen brauchen meistens ein bisschen mehr Zeit, bis sie sich entspannen. Ein Junge kann dich richtig überfahren, wenn er zu schnell ist, und dann liegst du da und spürst gar nichts mehr. Glaub mir, ich weiß, wovon ich rede, ich hab das oft genug erlebt als junges Mädchen. Aber Sex sollte beiden Spaß machen, da verstehen wir uns hoffentlich auch?«

»Natürlich«, antwortete Milad und nickte.

Ehrlich, ich wäre am liebsten im Erdboden versunken. Hier saß ich, zusammen mit meiner Mutter und dem Jungen, in den ich verliebt war, und sie unterhielten sich über mein erstes Mal, als würden sie über das Wetter plaudern.

»Schön«, sagte Baba und tätschelte Milad die Hand. »Du gefällst mir.« Dann stand sie endlich auf und ging zur Tür. »Ich koch jetzt mal was und ruf euch, wenn's fertig ist. Und keine Sorge, ich klopfe an. Mehrmals.«

»Entschuldigung«, sagte ich, als Baba die Tür hinter sich zugemacht hatte. »Meine Mutter ist die peinlichste Person auf der ganzen Welt.«

»Ich finde sie ziemlich cool«, sagte Milad. »Und sie hat ja recht.«

»Mit was?«

»Hast du schon mal?«

»Was?«

»Mit jemandem geschlafen?«

»Nee«, sagte ich. »Du?«

»Ehrlich?«

»Ja, klar.«

»Auch nicht.«

»Noch nie?«

»Findest du das schlimm?«

»Nein, aber woher weißt du dann, dass Baba recht hat?«

»Weil ich zuhöre, wie meine Freunde darüber reden. Manche Jungs haben so einen Stress mit dem Thema. Ich will, dass mein erstes Mal erst dann passiert, wenn es sich richtig anfühlt. Ziemlich uncool, oder?«

»Nee«, sagte ich. »Voll schön.«

»Weißt du, was auch schön ist?«, sagte Milad. »Das hier.«

Er zog mich zurück auf das Bett, und wir küssten uns, bis Baba eine halbe Stunde später an die Tür hämmerte und uns zum Essen rief.

31

Besorgte Bürger, Morddrohungen und schlechtes Essen oder: Wunder gibt es trotzdem

Baba hatte nicht übertrieben, als sie gesagt hatte, dass die Stadt wegen dieser Asbestsache in dem Asylwohnheim ziemlich in Aufruhr war. Während wir zusammen beim Abendessen saßen, erzählte Hans von den Morddrohungen, die er bekommen hatte. Genauer gesagt war es nur eine einzige Morddrohung, aber nachdem er uns die E-Mail gezeigt hatte, die ein anonymer Absender ihm geschickt hatte, konnte ich verstehen, dass Baba sich Sorgen um ihn machte.

»Ach was, das ist nur heiße Luft«, winkte Hans ab. »Das sogenannte *Komitee Besorgte Bürger* macht mir viel mehr Sorgen.«

Das *Komitee Besorgte Bürger* war eine Bürgerinitiative, die Sven Hofers Vater nach der Sondersitzung des Stadtrats gegründet hatte. Der Name war natürlich ein Witz, denn in Wirklichkeit waren die Leute in diesem Komitee nicht besorgt, sondern einfach dagegen. Sie wollten verhindern, dass die Asylsuchenden in ihrer Nachbarschaft untergebracht wurden. Solange das Asbestwohnheim renoviert wurde, mussten die Asylsuchenden ja irgendwo leben, und der Stadtrat hatte beschlossen, provisorische Unterkünfte für sie einzurichten. Eben zum Beispiel im Sportheim in unserem Dorf. Warum der Hofer und die Leute vom *Komitee Besorgte Bürger* damit ein Problem hatten, verstand ich nicht genau. Aber es war anscheinend eine ziemlich ernste Sache.

»Was der Hofer da macht, ist Volksverhetzung. Ich war gestern auf einer Versammlung, das war schrecklich«, erzählte Hans. »Die Leute sind aggressiv und dabei gleichzeitig dumm. Das ist wirklich gefährlich. Da kommt noch was auf uns zu, sag ich euch.«

»Wahrscheinlich haben diese Leute einfach Angst«, sagte Milad und stocherte in seinem Risotto herum. »Vor meinem Vater hatten am Anfang auch alle Angst. Andere Sprache, anderes Essen, andere Kultur. Manche fühlen sich davon bedroht.«

»Aber warum denn?«, sagte Omi, die wir zum Essen rübergeholt hatten. »Es ist doch interessant, wenn Leute die Dinge mal anders machen. Ich finde das so langweilig, wenn alle alles gleich machen.«

Milad lächelte, und ich konnte sehen, dass er Omi bereits ins Herz geschlossen hatte.

»Wie viele Menschen sollen eigentlich in unser Sportheim einziehen?«, fragte Baba.

»Unser Sportheim«, wiederholte ich und lachte. »Du redest ja, als wärst du eine Einheimische.«

»Bin ich ja auch«, sagte Baba.

»Wir wohnen noch nicht mal ein halbes Jahr hier«, sagte ich. »Wir sind keine Einheimischen.«

»Was sind wir denn sonst? Wie lange muss man deiner Meinung nach hier leben, um dazuzugehören?«, fragte Baba und schöpfte sich eine weitere Portion Risotto auf den Teller.

»Will sonst noch jemand einen Nachschlag?«

»Nein, danke, ich bin satt«, sagte Milad ein bisschen zu schnell und hob abwehrend die Hände. Omi, Hans und ich mussten lachen.

»Ich hab dich gewarnt«, sagte ich. »Baba ist die schlechteste Köchin auf der ganzen Welt.«

»Aber das macht nichts«, sagte Hans und küsste Baba auf die Wange. »Wir haben dich trotzdem lieb.«

Nach dem Abendessen ging Baba mit Omi nach nebenan, um sie ins Bett zu bringen. Milad saß mit Hans auf dem Sofa und zeigte ihm sein Skizzenbuch. Beziehungsweise eines seiner Skizzenbücher. Seit ich Milad kannte, hatte er bestimmt schon zwei Bücher vollgezeichnet. Hans blätterte durch die Skizzen und pfiff anerkennend durch die Zähne.

»So von Künstler zu Künstler«, sagte er. »Du bist wirklich begabt.«

Ich musste mir ein bisschen das Grinsen verkneifen. Soweit ich wusste, hatte Hans bisher erst eine einzige Ausstellung gehabt. In einem Kirchengemeindesaal, den er selbst gemietet hatte. Und den Zeitungsartikel darüber hatte er wahrscheinlich auch gleich selbst geschrieben.

Aber es war nett von ihm, dass er sich für Milads Arbeit interessierte.

»Du musst unbedingt was aus deinem Talent machen«, sagte Hans. »Hast du schon darüber nachgedacht, dich an einer Kunsthochschule zu bewerben?«

»Pff«, machte Milad. »Erzähl das mal meinem Vater.«

»Hast du ihm deine Zeichnungen mal gezeigt?«

»Für ihn ist das nur wertloses Gekritzel«, winkte Milad ab.

»Irgendwie überzeugen wir ihn schon noch vom Gegenteil«, sagte Hans.

»Das wäre ein glattes Wunder«, sagte Milad und klappte sein Skizzenbuch zu.

»Wunder gibt es immer wieder«, sagte Hans. »Das ist ja das Schöne an diesem Leben.«

Es war schon ziemlich spät, als Milad an diesem Abend nach Hause ging. Baba hatte angeboten, dass er bei uns übernachten konnte, aber Milad wollte lieber zu Hause schlafen.

»Aber wenn du willst, übernachte ich nächste Woche mal bei dir«, sagte Milad, als wir vor der Haustür standen und uns verabschiedeten.

»Das wär schön«, sagte ich.

»Dann machen wir das doch«, sagte Milad und küsste mich.

»Nochmal«, sagte ich.

Milad lachte und gab mir noch einen Kuss. »Bis bald, Isolde.«

»Schlaf gut, Tristan.«

Ich sah ihm nach, wie er durch den Garten lief und sein Fahrrad aufschloss, das er an unserem Zaun abgestellt hatte. Er winkte zum Abschied und verschwand in der Nacht. Ich lehnte meinen Kopf an den Türrahmen und dachte, dass Hans absolut recht hatte. Es gab sie, die Wunder. Die Frage war nur, wie lange sie anhielten.

32

Jungfrauen und Jungmänner oder: Der beste Zeitpunkt, um zu sterben

In der letzten Woche vor Weihnachten war in der Schule nicht mehr viel los. Die Lehrer waren genauso ferienreif wie wir und ließen uns einen Film nach dem anderen gucken.

In den Pausen drehten sich jetzt alle Gespräche nur noch um die Weihnachtsgala, die am letzten Schultag stattfinden sollte.

Die SchülerInnen-Vertretung hatte beschlossen, den Abend unter das Motto »Solidarität mit den Menschen aus der Asylunterkunft Neu-Wartberg« zu stellen.

Fabian wollte eine Rede halten, erzählte er mir, als wir uns eines Morgens bei den Fahrradständern begegneten.

»Wir müssen diesem *Komitee Besorgte Bürger* zeigen, dass es auch Leute gibt, die anders denken«, sagte er. »Unsere Schule ist gegen Nazis.«

»Nicht alle«, sagte ich und zeigte auf Sven Hofer, der gerade mit David über den Schulhof lief.

»Ja, leider«, sagte Fabian und dann brüllte er über den Hof: »Schämst du dich eigentlich nicht für deinen Vater, Hofer?«

Sven Hofer zog den Kopf zwischen die Schultern und verschwand zusammen mit David im Schulgebäude.

»Kommt Milad am Freitag denn eigentlich auch?«, fragte Fabian.

»Hm, vielleicht«, machte ich. Ich hatte Milad noch nicht von der Veranstaltung erzählt, und ich betete insgeheim, dass er nicht durch jemand anderen davon erfuhr.

»Ich frag ihn mal«, sagte Fabian.

»Musst du nicht«, sagte ich schnell. »Er hat schon gesagt, dass er kommt. Ziemlich sicher.«

»Das ist gut. Jede und jeder ist wichtig an diesem Abend. Wir müssen uns solidarisieren.«

»Okay«, sagte ich.

Ich hatte nur eine ungefähre Vorstellung davon, was *solidarisieren* bedeutete. Aber meine Vorstellung davon, was es bedeutete, wenn Milad mir bei meinem Auftritt mit Alex und ihren Freundinnen zugucken würde, war dafür umso klarer. Ich würde vor Scham tot umfallen, das würde es bedeuten.

Wir probten in dieser Woche jeden Tag, und mir wurde langsam bewusst, auf was ich mich da eingelassen hatte – ich würde vor der gesamten Schule auf der Bühne stehen und mich bis auf die Knochen blamieren. Alex und ihre Freundinnen waren fast einen Kopf kleiner als ich, es sah total bescheuert aus, wenn wir nebeneinander tanzten. Zumal wir es immer noch nicht hinkriegten, uns einigermaßen synchron zu bewegen. Und zur Vervollständigung der Katastrophe hatte Alex den Gesangspart übernommen, was wirklich grausam war, weil sie überhaupt nicht singen konnte. Die vier Grazien, die Giraffe und das Ohrenmassaker.

»Ich hab kein Mitleid mit dir«, sagte Melek, wenn ich ihr mein Leid klagte. »Ich hab's dir von Anfang an gesagt.«

»Okay, du hattest recht«, sagte ich. »Kauf dir was davon.«

»Ich versprech dir zumindest, dass ich nicht lachen werde«, sagte Melek. »Es wird nicht so einen Unterschied machen, weil außer mir jeder lachen wird. Aber immerhin.«

»Ja«, sagte ich. »Danke für nichts, Melek Yilmazer.«

Dieser Auftritt an der Weihnachtsgala war allerdings nicht das Wichtigste, das mich in diesen Tagen beschäftigte. Milad und ich verbrachten jede freie Minute zusammen. Es war immer noch genauso schön wie am Anfang, aber langsam veränderten sich die Dinge zwischen uns. Wenn wir uns küssten, meine ich. Wir hatten immer noch unsere Kleidung an und alles, aber trotzdem. Mir war völlig klar, dass es nicht mehr so lange dauern würde, bis wir anfangen würden, das zu tun, was alle tun, wenn sie zusammen sind. Oder vielleicht tun es nicht gerade alle. Aber die meisten. Das, worum sich angeblich alles dreht. Das, worüber ich bis vor ein paar Wochen eigentlich noch nie wirklich nachgedacht hatte und das jetzt plötzlich anfing, mich zu interessieren. Und als wir dann verabredeten, dass er am Donnerstag bei mir übernachten würde, wussten wir, ohne dass wir darüber sprachen, dass es an diesem Abend passieren würde.

»Willst du nicht noch ein bisschen warten?«, fragte Melek. »Du kennst ihn doch erst seit drei Wochen.«

»Das hat nichts damit zu tun«, sagte ich. »Es geht darum, wie sicher man sich mit jemandem ist.«

»Und du bist dir sicher mit ihm?«

»Absolut.«

Baba hatte am Donnerstag Nachtschicht und war nicht zu Hause. Während ich auf Milad wartete, tigerte ich durch das Haus und wurde immer nervöser. Ich lief ungefähr hundertmal ins Badezimmer, um zu kontrollieren, dass ich nichts zwischen den Zähnen hatte, meine Haare gut saßen und ich nicht nach Schweiß roch. Was irgendwann vor lauter Nervosität natürlich der Fall war. Daraufhin wollte ich schnell meine Achseln waschen, aber ich stellte mich so blöd dabei an, dass mein Top klitschnass wurde. Fluchend rannte ich in mein Zimmer, um mich umzuziehen und natürlich, wieso hätte es anders sein sollen, klingelte Milad in genau diesem Augenblick an der Tür. Wahllos zog ich ein T-Shirt aus dem Schrank und streifte es über, während ich die Treppen nach unten rannte. Erst als ich unten war, bemerkte ich, dass ich ausgerechnet das Schlafshirt mit dem Minnie Mouse Print erwischt hatte. Es war mir ziemlich unangenehm, Milad in diesem Teil die Tür aufzumachen, aber er guckte es nicht einmal an – er war nämlich mindestens so nervös wie ich.

»Hey«, sagte er und küsste mich fahrig auf den Mund.

»Hey«, sagte ich. »Komm rein.«

Schweigend betrat er den Hausflur, zog seine Schuhe und seine Jacke aus und lief hinter mir die Treppe nach oben. Normalerweise hatten wir nie Mühe, ein Gesprächsthema zu finden. Aber an diesem Abend hatte es uns vollkommen die Sprache verschlagen.

»Ich mach mal Musik«, sagte ich, als wir in meinem Zimmer waren. Milad setzte sich auf das Bett und wartete. Ich hatte eine Kerze auf meinen Nachttisch gestellt, was mir in diesem Moment viel zu übertrieben vorkam. So was wie romantische Stimmung wollte sich überhaupt nicht zwischen uns einstellen, und die Kerze machte alles nur noch schlimmer.

»O Mann«, sagte Milad, als ich mich neben ihn auf das Bett setzte. »Ich bin total nervös.«

Ich lachte. »Frag mich mal.«

»Mats? Wir müssen das nicht machen, oder?«

»Nee. Ist ja kein Gesetz oder so.«

»Wir könnten es auch verschieben.«

»Absolut.«

»Du fändest das nicht schlimm?«

»Nee«, sagte ich. »Du?«

»Ich auch nicht.«

»Also dann verschieben wir es.«

Milad lachte.

»Was?«, fragte ich.

»Als würden wir über einen Zahnarzttermin reden.«

»Du hast damit angefangen.«

»Wir machen uns einfach einen schönen Abend, okay?«, sagte Milad. »Wir haben ja noch Zeit. Wir können auch nächste Woche noch miteinander schlafen. Oder in ein paar Monaten. Oder nächstes Jahr. Oder wenn wir achtzig sind.«

»Bisschen früher fänd ich schon gut.«

»Wieso, ist doch romantisch. Wir wären wahrscheinlich die ältesten Jungfrauen der Welt.«

»Wieso sagt man eigentlich zu Jungs auch Jungfrau und nicht Jungmann?«

»Keine Ahnung«, sagte Milad und legte sich mit dem Rücken auf das Bett. »Vielleicht weil Jungs das nicht zugeben wollen. Für Sachen, über die man nicht redet, gibt es halt auch keine Wörter.«

»Aber du würdest es schon zugeben, oder?«

»Absolut. Ich bin stolz drauf, dass ich noch Jungmann bin.«

»Nicht mehr lange vielleicht.«

»Mach mir keine Angst, Mats.«

»Du bist echt der komischste Junge, den ich kenne.«

»Dann frag dich mal, warum du mit mir zusammen bist.«

»Ja, das frag ich mich jeden Tag.«

»Ich glaub, ich muss dich jetzt hauen.«

»Würd ich nicht versuchen. Du bist kleiner als ich.«

»Aber flink und listig«, sagte Milad und dann warf er sich mit einem Kampfschrei auf mich, und wir fingen an, miteinander zu rangeln.

Später lagen wir Arm in Arm unter der Bettdecke, und alles war so schön und so gut, wie es nur sein konnte. Und ja, falls es jemanden interessiert, wir waren dabei nackt. Oder zumindest fast. Aber wir schliefen nicht miteinander. Wir lagen einfach nur da und hielten uns fest, und ich dachte, wenn jetzt da draußen die Welt untergehen sollte, dann hatten wir uns definitiv den besten Zeitpunkt ausgesucht, um zu sterben. Es wäre vollkommen in Ordnung gewesen, wenn ich in dieser Nacht in Milads Arm eingeschlafen und nie mehr aufgewacht wäre. Und wahrscheinlich sind die Momente, in denen man so etwas denkt, absurderweise genau die Momente, in denen man erst so richtig am Leben ist.

33

Alex, die Todesspinne
oder: Ich laufe wieder einmal weg

Am nächsten Tag fand in der Schule die große Weihnachtsgala statt. Die Aula war besetzt bis auf den letzten Platz. Sogar Baba und Hans waren gekommen, obwohl ich es ihnen verboten hatte.

»Natürlich sind wir gekommen«, sagte Baba. »Ich interessiere mich für das, was du machst.«

»Seit wann?«, fragte ich und winkte Melek, die, wie immer ganz in schwarz gekleidet, gerade die Aula betrat und sich demonstrativ hinten in der Ecke auf den Boden setzte. Kurz nach ihr kam David durch die Tür, zusammen mit ein paar Jungs aus unserer Klasse.

»Wo ist eigentlich Milad?«, fragte Baba.

»Nicht hier«, antwortete ich. »Hoffe ich zumindest.«

»Hast du ihn gar nicht eingeladen?«, fragte Baba.

»Bist du verrückt?«, sagte ich. »Ich steh gleich da oben und tanze zu Taylor Swift.«

»Wenn er dich wirklich liebt, dann verkraftet er das«, sagte Baba.

»Hm«, sagte ich und zuckte die Schultern. Ich hatte ein ziemlich schlechtes Gewissen, dass ich Milad nichts von der Weihnachtsgala erzählt hatte. Ich hatte ihn sogar angelogen und ihm gesagt, dass ich mit Baba einen Mutter-Tochter-

Abend verbringen würde, und wir uns deshalb nicht sehen konnten. Kurz überlegte ich, ob ich ihn doch noch einladen sollte. Aber dann entschied ich, dass es dafür zu spät war. Ich würde ihn morgen sehen und ihm die Wahrheit sagen. Er würde vielleicht ein bisschen sauer sein, aber ich würde sagen: »Glaub mir, es war besser so. Ich habe unsere Beziehung gerettet.« Und dann würde er lachen, und wir würden uns küssen, und alles wäre so wie immer. Diese blöde Weihnachtsgala war einfach eine peinliche Zwischenepisode, die ich schnell hinter mich bringen musste.

»Ich find das jedenfalls großartig, dass eure Schule das macht«, sagte Hans. »Da soll nochmal jemand sagen, die heutige Jugend sei unpolitisch.«

Er holte einen Stift hervor und kritzelte etwas auf seinen Notizblock, natürlich hatte er es sich nicht nehmen lassen, für seine Zeitung über die Weihnachtsgala zu schreiben. Oder die Soli-Gala, wie sie mittlerweile von allen genannt wurde. Die ganze Aula war mit Regenbogenfahnen geschmückt, dazwischen hingen Plakate mit Sprüchen wie: »Solidarität mit den Menschen in der ASBESTunterkunft«, »Refugees welcome, everywhere!!!« und solche Sachen.

Es waren auch ziemlich viele Leute aus der Asylunterkunft da, Männer, Frauen und Kinder, die in allen möglichen Sprachen durcheinanderredeten. Es war unglaublich laut, und Fabian, der auf die Bühne getreten war, um in seiner Funktion als Schulsprecher die Begrüßungsworte zu sprechen, brauchte eine ganze Weile, bis er sich Gehör verschafft hatte.

Ich verabschiedete mich von Baba und Hans, um zusammen mit Alex und ihren Freundinnen hinter der Bühne zu verschwinden. Unsere Nummer war bereits der dritte Punkt auf dem Programm. Was gut war, weil es immerhin bedeutete, dass ich es bald hinter mir haben würde.

»Bist du aufgeregt?«, fragte Alex.

»Und wie«, antwortete ich.

»Ich auch.«

Wir standen nebeneinander und spähten durch einen Spalt im Vorhang ins Publikum.

»Das da vorne ist meine Mutter«, flüsterte Alex und zeigte auf eine Frau in der ersten Reihe, die sehr elegant gekleidet und sorgfältig geschminkt war.

»Sie sieht schön aus«, sagte ich.

»Hm«, machte Alex. »Sie tut auch viel dafür. Sie tut eigentlich nichts anderes, wenn man ehrlich ist.« Sie machte eine kurze Pause, dann sagte sie: »Ich will nie so werden wie meine Mutter.«

Es klang irgendwie traurig, und plötzlich, ich weiß nicht warum, tat sie mir so leid, dass ich sie beinahe in den Arm genommen hätte. Überhaupt lag an diesem Abend etwas Eigenartiges in der Luft, etwas Feierliches. Ich glaube, alle im Saal spürten das. Und ich glaube, es lag nicht nur daran, dass morgen Weihnachten war. Es stimmte, was Hans gesagt hatte. Es war gut, dass die Schule sich für die Menschen im Asylwohnheim einsetzte. Ich schämte mich ein bisschen dafür, dass mir das bis dahin so egal gewesen war. Die meiste Zeit über denkt man ja nur an die eigenen Probleme. Aber wenn man das mal für einen Moment nicht tut, sondern mal über andere Leute nachdenkt, dann geht das Herz irgendwie auf und plötzlich merkt man, dass da noch viel mehr reinpasst als nur der eigene Kram.

»Alle Menschen sind frei und gleich an Würde und Rechten geboren«, rief Fabian in den Saal. »Artikel 1 der *Allge-*

meinen Erklärung der Menschenrechte. Es ist egal, woher jemand kommt. Wie er oder sie aussieht. Welche Sprache er oder sie spricht. Arm oder reich, weiß oder schwarz, dick oder dünn, schlau oder dumm, wir alle sind Menschen und als Menschen sind wir gleich. Es gibt Menschen, mit denen wir uns besser verstehen, und Menschen, die wir nicht leiden können. Das ist okay. Aber was nicht okay ist, ist, wenn wir Menschen aufgrund ihrer Herkunft, ihres Geschlechts, ihrer Hautfarbe, ihrer sexuellen Orientierung, ihrer Religion oder ihres sozialen Stands unwürdig behandeln. Wir alle sind es würdig. Jedes Leben verdient Schutz. Die Menschen in der Asylunterkunft Neu-Wartberg brauchen ein neues Zuhause. Geben wir ihnen dieses Zuhause. Heißen wir sie willkommen. Egal wo. Das sind wir der Menschlichkeit schuldig.«

Die Leute applaudierten und jubelten, Fabian verbeugte sich.

»Er ist so toll«, flüsterte mir Alex ins Ohr.

Der Unterstufenchor drängte auf die Bühne und sang unter der Leitung von Herrn Grün, unserem Musiklehrer, ein Weihnachtslied. Danach folgte der Auftritt von einem Mädchen aus der Dreizehnten. Sie hatte einen Text über einen Engel geschrieben, der sich in eine Großstadt verirrte; die Handlung war ziemlich verwirrend, und das Mädchen sprach so leise, dass man die Hälfte nicht verstand. Trotzdem bekam auch sie einen tosenden Applaus.

Dann waren wir an der Reihe. Und was soll ich sagen, es war nur halb so schlimm, wie ich gedacht hatte. Es machte sogar irgendwie Spaß. Alex sang noch schiefer als in den Proben, und Tini stolperte während der Choreografie und fiel hin. Aber als wir fertig waren, feierten die Leute uns trotzdem.

Wir nahmen uns an den Händen, verbeugten uns und gingen wie im Rausch von der Bühne.

»Wow«, sagte ich und umarmte Alex. »Das war cool.«

»Ja«, sagte Alex. »Find ich auch.«

Nach dem offiziellen Programmteil gab es in der Mensa ein Buffet und überall standen Spendenboxen herum, in die alle Eltern und Großeltern großzügig Scheine hineinsteckten.

»War gar nicht so schlecht, euer Auftritt«, sagte Baba.

»Besonders eure Sängerin hat es ziemlich drauf«, sagte Hans und schob sich ein Stück Kuchen in den Mund.

»Ihr könnt mich mal«, sagte ich freundlich und ließ sie neben dem Kuchenbuffet stehen, weil ich in diesem Moment Alex sah, die neben dem Eingang stand und mich zu sich winkte.

»Wo gehst du hin?«, fragte Melek, als ich an ihr vorbeilief.

»Raus«, sagte ich und zeigte auf die Eingangstüre, wo Alex und ihre Freundinnen gerade Richtung Schulhof verschwanden. »Komm doch mit.«

»Sonst noch was?«, sagte Melek und tippte sich an die Stirn.

»Okay.« Ich zuckte die Schultern und ging weiter.

Vielleicht war das nicht besonders nett von mir. Aber ich hatte keine Lust, mir von Melek den Abend verderben zu lassen.

»Mathilda!«, rief Alex, als ich auf den Schulhof kam. Sie stand mit ihren Freundinnen und David neben den Fahrradständern und hielt eine Flasche Sekt hoch. »Guck, was David uns mitgebracht hat!«

Sie ließ den Korken knallen und rief: »Jetzt wird gefeiert!«

Sie drückte mir die Flasche in die Hand und forderte mich auf, den ersten Schluck zu nehmen. Als ich David die Flasche weitergab, grinste er und sagte: »Erinnert mich irgendwie an was.«

»An was denn?«, fragte Alex.

»Tja«, sagte David. »Wir haben so unsere Geheimnisse, Mathilda und ich.«

»O mein Gott«, rief Alex. »Habt ihr was miteinander?«

»Spinnst du!«, sagte ich erschrocken, aber Alex hörte mir überhaupt nicht zu.

»Ich wusste, dass du in ihn verknallt bist!«, schrie sie. »Ich wusste es von Anfang an. O mein Gott, ihr seid so sweet, ihr passt echt supergut zusammen!«

In diesem Moment sah ich Milad. Er lief quer über den Schulhof auf die Eingangstür der Mensa zu. Als er uns sah, hielt er kurz inne und kam dann zu uns herüber.

»Hey«, sagte er und stellte sich neben mich. »Und, hast du Spaß am Mutter-Tochter-Abend?«

»Hey«, sagte ich. Und dann: »Was machst du denn hier?«

»Soll ich wieder gehen?«

»Nein, ich meine. So hab ich das nicht gemeint.«

»Fabian hat mir geschrieben. Anscheinend hab ich gesagt, dass ich komme.«

Er guckte mich an, und ich hatte keine Ahnung, was er dachte.

»Wer ist das, Mathilda?«, mischte sich jetzt Alex ein.

»Das ist Mathildas Putzfrau«, sagte David und grinste.

Milad sah ihn an und schwieg. Einundzwanzig, zweiundzwanzig, dreiundzwanzig.

»Du findest dich witzig, was?«, sagte er dann zu David.

»Ich bin ja auch witzig, oder?«, rief David in die Runde.

»Ja, du bist witzig, David«, sagte Alex. »Aber ich weiß immer noch nicht, wer das ist.«

»Sorry«, sagte Milad und zog seine Hand aus der Hosentasche. »Ich bin Milad.«

»Nice to meet you, Milad. Ich bin Alex.« Sie gaben sich die Hand, und ich schwöre, sie hielten sich einen Moment länger fest als nötig. Es war nicht viel länger, nur eine oder zwei Sekunden. Aber es reichte. Ich war ja nicht blöd.

»Du hast ganz warme Hände«, sagte Alex.

»Ja«, sagte Milad und schob seine Hand zurück in die Hosentasche. »Das ist immer so.«

»Das kommt vom vielen Toilettenschrubben«, rief David, aber keiner lachte. Nur Tini kicherte ein bisschen blöde, sie war offensichtlich schon beschwipst und kapierte überhaupt nicht, was los war.

Plötzlich trat Fabian zu der Gruppe und klopfte Milad auf den Rücken. »Da bist du ja.« Er und Milad umarmten sich und dann sagte Fabian: »Komm mit, ich brauch dich da drin. Ich hab ein paar Jungs aus Syrien kennengelernt, ich glaub, die sind cool, aber wir können uns nicht so gut verständigen, du musst dolmetschen.«

»Da komm ich auch mit«, sagte Alex. »Das interessiert mich.«

Sie verschwand mit Milad und Fabian im Gebäude, und ich stand plötzlich nur noch mit David, Tini, Jennifer und Linda auf dem Schulhof.

»O mein Gott!«, kreischte Jennifer. »Habt ihr das gesehen?«

»Yep«, machte Linda. »Den macht sie heute noch klar.«

»Das ist so gemein«, sagte Tini und zog einen Flunsch. »Die süßesten Jungs kriegt immer Alex ab.«

»Willst du noch Sekt?«, fragte David und hielt mir die Flasche hin.

»Nee, danke«, sagte ich. »Ich muss auch mal wieder rein.«

»Alles okay?«, fragte Melek, als ich mich neben sie auf einen Stuhl fallen ließ.

»Ich hasse Alex«, sagte ich.

»Ich hab gedacht, ihr seid jetzt BFFs.«

»Sie macht sich an Milad ran.«

»Das ist Milad?«, fragte Melek und sah zu der Gruppe, die neben dem Buffet stand. »Der sieht aber gut aus.«

»Was du nicht sagst«, murmelte ich und versuchte, nicht allzu offensichtlich zu ihnen hinüberzuschauen. Milad war umringt von Alex, Fabian und drei Jungs aus dem Asylwohnheim, die wohl so siebzehn oder achtzehn Jahre alt waren. Sie unterhielten sich lebhaft miteinander, wobei Milad ständig zwischen den Jungs und Alex und Fabian hin und her übersetzte. Alle machten große Gesten beim Sprechen und lachten viel, vor allem Milad. Es schien ihm überhaupt nichts auszumachen, dass er mich gerade auf dem Schulhof hatte stehen lassen. Ich schwöre, er sah kein einziges Mal zu mir herüber, dafür umso öfter zu Alex, die sich überhaupt nicht mehr für Fabian zu interessieren schien, sondern nur noch Augen für Milad hatte. Einmal streckte sie sogar ihre Hand aus und zupfte ihm einen unsichtbaren Fussel von der Jacke.

»Autsch«, sagte Melek.

»Ich will nach Hause«, sagte ich. »Mir ist schlecht.«

»Geh doch rüber zu ihnen«, sagte Melek. »Du darfst es ihr nicht so einfach machen.«

»Sonst noch was?«, fragte ich und tippte mir an die Stirn, wie Melek das kurz davor auch getan hatte.

Melek lachte. »Ich kann sie verhauen, wenn du willst.«

»Danke«, sagte ich und drückte ihre Hand. »Ist wirklich nett von dir. Aber ich glaub, ich geh jetzt lieber nach Hause und heule.«

»Ach, Mädchen«, sagte Melek. »Das tut mir so leid. Wir können uns morgen sehen, wenn du willst?«

»Geht nicht«, sagte ich. »Meine Großmutter kommt. Weihnachten und so.«

»Ach ja, Weihnachten. Hab ich vergessen«, sagte Melek. »Aber ruf an, wenn du reden willst.«

»Das mach ich.«

Ich umarmte Melek zum Abschied und stand auf, um nach Baba und Hans Ausschau zu halten. In diesem Moment guckte Milad in meine Richtung. Er lachte wegen etwas, das Fabian gesagt hatte, aber als unsere Blicke sich trafen, wurde er plötzlich ernst, und für eine oder zwei Sekunden sahen wir uns an. Ich hatte den Impuls, zu ihm zu gehen, aber im nächsten Augenblick wandte er sich wieder ab und sagte irgendetwas zu Alex. Das Blut rauschte in meinem Kopf, als ich aus der Mensa lief, und ich hatte das Gefühl, dass alle Leute sehen konnten, was für eine unglaublich peinliche und traurige Figur ich war: *Hahaha, habt ihr die Bohnenstange gesehen? Sie hat gerade einen Korb bekommen, hahaha, er hat sie einfach stehenlassen, hahaha, guckt doch mal, jetzt heult sie gleich.*

Baba und Hans fand ich schließlich auf dem Schulhof, wo sie auf einer Bank saßen und knutschten.

»Ich will nach Hause. Mir ist schlecht.«

»Hast du getrunken?«

»Ja, aber daran liegt es nicht. Mir ist einfach schlecht.«

»Aber es ist doch gerade so nett hier.«

»Können wir bitte einfach nach Hause fahren, Baba?«

»Okay, okay«, machte Baba und stand auf. »Dann fahren wir eben.«

»Ich bleib noch ein bisschen, wenn das in Ordnung ist«, sagte Hans. »Wegen des Artikels.«

»Klar«, sagte Baba und gab ihm einen Kuss.

»Komm jetzt!«, rief ich ungeduldig und lief so schnell Richtung Parkplatz, dass Baba fast nicht hinterherkam. Ich hatte mich nicht von Milad verabschiedet, aber ich wusste, dass ihm das völlig egal war. Er hatte wahrscheinlich schon fast vergessen, dass es mich gab. Alex, die Todesspinne. Ich hasste sie so sehr, wie ich noch nie jemanden gehasst hatte.

»Na dann, fröhliche Weihnachten«, rief uns Hans hinterher, als wir den Schulhof schon fast überquert hatten. Baba drehte sich zu ihm um und warf ihm eine Kusshand zu. Ich drehte mich nicht um. Um nichts in der Welt wollte ich mich umdrehen.

34

?
Oder: Es wird schlimmer als schlimm

Als ich am nächsten Morgen aufwachte, war die Welt groß und leer und traurig. Es war Heiligabend, aber es gab keinen einzigen Grund aufzustehen und den Tag zu beginnen. Also blieb ich einfach liegen und starrte an die Zimmerdecke. Die Ereignisse des vergangenen Abends flackerten wie Blitzlichter durch meinen Kopf. Unser Auftritt. Die Menschen in der Aula. Die Stimmung, die mich so berührt hatte. Der Applaus. Wie wir mit David Sekt getrunken hatten. Milad. Alex und Milad. Wie sie neben dem Buffet gestanden hatten. Wie sie ihn angeguckt hatte. Wie sie gelacht hatten. Wie gut sie zusammen ausgesehen hatten. Sie passte so viel besser zu ihm als ich. Sie war kleiner als Milad, bei ihr würde er sich nicht mehr auf die Zehenspitzen stellen müssen. Er würde einfach lässig den Arm um ihre Schultern legen und sich zu ihr hinunterbeugen, wenn er sie küssen wollte. So wie das eigentlich sein sollte. Und sie war schön, ach, sie war so schön, dass es an Gemeinheit grenzte. Sie war es, die mit Milad zusammen sein musste, das war die natürliche Ordnung der Dinge.

Aber natürliche Ordnung am Arsch. Es tat trotzdem weh, so unglaublich, unfassbar weh, dass ich es fast nicht aushielt. Und es wurde kein bisschen besser, als ich sah, dass Milad mir eine Nachricht geschickt hatte. Er hatte sie um 23.12 Uhr geschrieben, und sie bestand aus genau einem Zeichen: ?

Ich starrte auf mein Handydisplay und fragte mich, was das sollte. Ein Fragezeichen? Mehr nicht? Er hätte genauso gut einfach gar nichts schreiben können. Was sollte ich denn mit einem Fragezeichen anfangen?

»Leck mich doch am Arsch, Milad«, sagte ich laut und legte das Handy zur Seite. Wenn er wirklich etwas von mir wissen wollte, dann sollte er in ganzen Sätzen kommunizieren. Auf ein Fragezeichen würde ich ganz bestimmt nicht reagieren.

Baba steckte, wie immer ohne anzuklopfen, den Kopf durch die Tür meines Zimmers und sagte: »Mathilda, kannst du aufstehen und mir beim Aufräumen helfen? In ein paar Stunden kommt Großmutter Lisa, und ich dreh demnächst durch.«

»Okay«, brummte ich. »Ich komme.«

Den Vormittag verbrachten Baba und ich damit, das Haus auf Vordermann zu bringen. Ich putzte das Bad, das es wirklich nötig gehabt hatte, und während ich vor der Toilettenschüssel kniete, fiel mir ein, wie wir auf dem Radweg die Dorfjugendlichen getroffen hatten und Milad behauptet hatte, er sei unsere Putzhilfe. Das war der Tag gewesen, an dem wir uns zum ersten Mal so richtig geküsst hatten. Die Erinnerung daran kam so plötzlich, dass sie mich umhaute. Ich legte die Arme auf die Klobrille und heulte los. Ich hatte keine Ahnung, wie ich das alles aushalten sollte. Und dann war auch noch Weihnachten. Und in weniger als einer Stunde würde Großmutter Lisa anrücken. Ich hasste Großmutter Lisa. Ich weiß, dass man sowas nicht über seine Verwandten sagen sollte, aber Großmutter Lisa ist die schrecklichste Person, die ich kenne. Sie ist, wie man sich wohl denken kann, meine Großmutter. Mütterlicherseits. Also die Mutter von Baba. Und die Tochter von Omi. Wir sahen sie nur einmal im Jahr, und auch das war eigentlich schon mehr als genug.

Zum ersten Mal getroffen hatte ich Großmutter Lisa, als ich sieben Jahre alt gewesen war. Baba hatte mich in ein schreckliches Kleid gesteckt, und wir waren zu ihr gefahren. Ich hatte die ganze Zeit in ihrer sauberen Küche gesessen und mich gefragt, was ich da sollte. Die Wollstrumpfhose hatte an meinem Bauch gekratzt und jedes Mal, wenn ein Kuchenkrümel auf den Tisch gefallen war, hatte Großmutter Lisa ihn sofort mit dem Lappen weggewischt. Damals hatte mein Großvater noch gelebt. Er hatte kurz mit uns am Tisch gesessen und mich in die Wange gekniffen, irgendwann war er dann in seinem Zimmer verschwunden und nicht wieder herausgekommen.

Baba und Großmutter Lisa hatten sich in einem sehr höflichen Tonfall miteinander unterhalten, wie zwei Politikerinnen, die sich eigentlich nicht leiden können, aber wissen, dass es um wichtigere Dinge geht als um ihre persönlichen Befindlichkeiten. Baba und Großmutter Lisa hatten jahrelang überhaupt nicht miteinander gesprochen. Daran war ich schuld gewesen. Beziehungsweise die Tatsache, dass Baba sich geweigert hatte, mich wegmachen zu lassen. Sie war mit siebzehn schwanger geworden, und da hatten ihre Eltern sie vor die Tür gesetzt. Baba hatte die Schule geschmissen und war zu meinem Vater gezogen, der damals schon von zu Hause weg war und in einem besetzten Haus lebte. Sie hatten sich ein Zimmer geteilt, das so klein war, dass man die Wände berühren konnte, wenn man in der Zimmermitte stand und beide Arme nach den Seiten ausstreckte.

Irgendwann war Omi nach Berlin gekommen, hatte sich das angeschaut und gesagt: »So geht das nicht.« Sie hatte eine Wohnung gesucht und war zusammen mit Baba und meinem Vater dort eingezogen. Baba war zu diesem Zeitpunkt bereits im neunten Monat, und als sie alle Umzugskartons ausgeräumt hatten, ging die Geburt los.

Omi war sogar mit Baba im Kreißsaal und hielt ihr während der Wehen die Hand, während mein Vater vor dem Krankenhaus auf und ab lief und eine Zigarette nach der anderen rauchte. Eigentlich war es Omis Plan gewesen, nur so lange zu bleiben, bis Baba und mein Vater sich an die neue Situation gewöhnt hatten. Aber als mein Vater sich kurz nach meiner Geburt von Baba getrennt hatte und nach Indien gegangen war, um seine Mitte zu finden, war Omi geblieben. Sie hatte bei uns gewohnt, bis ich in die Schule gekommen war. Dann hatte sie gesagt: »Jetzt müsst ihr alleine klarkommen.« Und sie war wieder in ihr Dorf zurückgezogen. Ohne Omi hätte Baba niemals ihre Ausbildung zur Krankenschwester machen können. Omi hatte ihr den Arsch gerettet, sagte Baba immer. Und darum waren wir jetzt in diesem Dorf und retteten Omis Arsch.

Normalerweise waren wir an Weihnachten immer zu Großmutter Lisa gefahren. Sie wohnte ein bisschen außerhalb von Berlin in einem großen aufgeräumten Haus. Sie hatte jedes Jahr einen Braten gemacht, war vollkommen gestresst zwischen Küche und Esszimmer hin- und hergelaufen, Baba und Omi hatten zusammen eine Flasche Wein vernichtet und nach drei, vier Stunden war alles vorbei gewesen. Doch seit ihrem Schlaganfall war Omi nicht mehr besonders reiselustig. Und bevor Baba »aber« sagen konnte, hatte Großmutter Lisa das Weihnachtstreffen einfach zu uns verlegt.

Sie kam am frühen Nachmittag mit dem Zug an, und das Erste, das sie sagte, als wir sie am Bahnhof abholten, war: »Ich fasse es nicht, dass ihr tatsächlich hierhergezogen seid.«

Sie sah sich angeekelt in der kleinen Bahnhofshalle um, die schon lange nicht mehr den eigentlichen Zweck ihrer Bestimmung erfüllte, sondern hauptsächlich ein Schlafplatz für Obdachlose war. Der Schalter war geschlossen, Fahrkarten kaufte man am Automaten, der in einer Ecke stand, in der es immer nach Pisse roch.

»Ach so, nein, da verwechselst du was. Hier schlafen wir nur, wenn es gar nicht anders geht. Das Loch, in dem wir eigentlich wohnen, ist ein paar Kilometer weiter«, sagte Baba und nahm ihrer Mutter den Rollkoffer aus der Hand.

»Ich habe es hier so gehasst als Kind«, sagte Großmutter Lisa, ohne auf Babas Bemerkung einzugehen. »Ich hätte nie gedacht, dass du freiwillig hierherkommst.«

Baba hatte mir mal erzählt, dass Großmutter Lisa während ihrer Kindheit ziemlich darunter gelitten hatte, dass sie keinen Vater hatte. Damals war es, vor allem auf dem Land, noch nicht üblich, dass Frauen alleinerziehend waren. Großmutter Lisa war ständig deswegen gehänselt worden. Sobald sie konnte, war sie nach Berlin gezogen. Wo niemand sie kannte und niemand ihr »Bastard« hinterherrief, wenn sie durch die Straßen lief. Sie hatte eine Ausbildung zur Sekretärin gemacht, den Juniorchef ihrer Firma geheiratet und mit ihm zusammen ein Haus gebaut, einen Baum gepflanzt und ein Kind gezeugt. Wie sie sich das für sich selbst immer gewünscht hatte. Dass dann ausgerechnet ihre Tochter mit siebzehn schwanger wurde, war ein Schlag ins Gesicht für sie gewesen. So erklärte Baba das zumindest. Und wahrscheinlich ist das auch so etwas wie die Wahrheit. Aber zu verstehen, warum jemand so ist, wie er ist, heißt ja nicht automatisch, dass man ihn deswegen gut leiden kann.

»Gefällt es Mathilda hier?«, sagte Großmutter Lisa, während sie sich auf den Beifahrersitz quetschte. »Ich kann mir nicht vorstellen, dass es Mathilda hier gefällt.«

»Ich weiß nicht, frag sie«, sagte Baba und grinste mich im Rückspiegel an. »Sie hat mittlerweile sprechen gelernt.«

»Du bist natürlich wieder so witzig wie immer.«

»Ach, komm schon, Mutter. Fröhliche Weihnachten«, sagte Baba und drehte den Zündschlüssel um. »Lass uns ausnahmsweise nicht streiten.«

»Na ja«, machte Großmutter Lisa. Sie schwieg einen Moment, dann fragte sie: »Was gibt es zu essen?«

»Spaghetti«, antwortete Baba knapp.

»Spaghetti an Heiligabend«, murmelte Großmutter Lisa. »Ich habe dir wirklich gar nichts beigebracht. Na, zum Glück war ich darauf vorbereitet«, fügte sie hinzu und zeigte mit ihren dicken Daumen in Richtung Kofferraum.

»Sag bitte nicht, dass du einen Braten mitgenommen hast.«

»Überraschung«, säuselte Großmutter Lisa.

Baba stieß einen tiefen Seufzer aus und schloss für einen Moment die Augen.

»Konzentrier dich auf die Straße, Barbara«, wies Großmutter Lisa sie zurecht. »Das ist kein Grund, mich und deine Tochter in den Graben zu fahren.«

»Du hast einen Braten aus Berlin hierhergeschleppt. Willst du mich eigentlich verarschen?«.

»Ein Braten wird es erst durch die richtige Zubereitung. Momentan ist es nur ein exzellentes Stück Fleisch von unserem Fleischer«, sagte Großmutter Lisa fröhlich. »Und keine Sorge, das Kochen übernehme ich. Ein Weihnachten, an dem ich keinen Braten mache, ist einfach kein Weihnachten.«

Baba biss sich auf die Lippe, sagte aber nichts mehr. Ich lehnte den Kopf an die Scheibe und konzentrierte mich darauf, nicht schon wieder loszuheulen. Ich vermisste Milad so sehr, dass es mir am ganzen Körper wehtat. Und alles, was mich an diesem Tag noch erwartete, war ein Schweinebraten und Großmutter Lisas unendlich dummes Gerede. Schlimmer konnte es wirklich nicht mehr werden.

Wurde es dann aber doch. Als wir in unsere Straße einbogen, sahen wir, dass vor Omis Haus ein Krankenwagen stand. Baba bremste und sprang aus dem Auto. Ich klappte den Fahrersitz nach vorne und rannte ihr hinterher, noch bevor Großmutter Lisa kapiert hatte, was überhaupt los war.

35

It's X-mas time, pretty baby oder: Vier Buchstaben sind zu wenig

Omi wurde gerade von den Sanitätern auf einer Liege aus dem Haus getragen. Sie hatte einen großen Bluterguss unter dem rechten Auge. Als sie uns sah, lächelte sie und sagte: »Ätsch, jetzt hab ich doch noch einen Grund gefunden, mich vor Weihnachten zu drücken.«

»Was machst du denn für Sachen?«, fragte Baba und fing an zu heulen.

»Na, jetzt heul mal nicht, alles halb so wild«, sagte Omi. »Hallo Lisa. Bist du gut gereist?«, wandte sie sich an ihre Tochter, Großmutter Lisa, die mittlerweile neben uns stand.

Es stellte sich heraus, dass Omi in ihrem Haus die Treppe hinuntergefallen war, als sie sich aus dem oberen Zimmer eine Bluse hatte holen wollen.

»Wollte doch schick sein für den hohen Besuch aus Berlin«, sagte Omi, während die Sanitäter die Liege in den Krankenwagen schoben.

Natürlich machten wir auf der Stelle kehrt und fuhren hinter dem Krankenwagen zurück in die Stadt. Im Krankenhaus wurde Omi geröntgt und untersucht, und Baba, die ja dort arbeitete, ließ es sich nicht nehmen, bei den Untersuchungen dabei zu sein. Was bedeutete, dass ich fast eine ganze Stunde alleine mit Großmutter Lisa im Wartezimmer verbringen musste. Zum Glück nahm sie, nachdem wir ein paar Smalltalksätze über die Schule und das Wetter gewechselt hatten, eine Zeitung aus dem Zeitschriftenständer und vertiefte sich in einen Artikel, den Hans über die neuste Entwicklung in Sachen Asylunterkunft und *Komitee Besorgte Bürger* geschrieben hatte. Der Artikel über die Weihnachtsgala würde erst nach Weihnachten erscheinen. Hans hatte versprochen, dass er ihn zusammen mit einem Foto von meinem Tanzauftritt abdrucken lassen würde und ich hatte ihm versprochen, dass ich ihn dafür verhauen würde.

Irgendwann kam Baba zu uns ins Wartezimmer und sagte, dass Omi soweit in Ordnung sei, aber zur Beobachtung über Nacht im Krankenhaus bleiben sollte.

So kam es, dass wir Heiligabend im Krankenhaus verbrachten. Baba war eine beliebte Kollegin und die Krankenschwestern taten alles, damit wir uns wohlfühlten. Wir kriegten ein Zimmer für uns alleine und sogar einen kleinen Weihnachtsbaum, den Babas Kolleginnen heimlich aus der Eingangshalle in unser Zimmer schmuggelten. Als das Abendessen serviert wurde und wir die blau-weißen Plastikboxen aufklappten, lagen auf den Tellern jeweils drei Kartoffelklöße und eine Scheibe Schweinebraten. Darüber musste Großmutter Lisa wahnsinnig lachen. Ich verstand nicht genau, was daran so witzig war, aber das spielte keine Rolle. Weil, es war alles in allem ein ziemlich netter Abend. Wir saßen an Omis Bett und spielten Karten, und später wurde Omi müde und wollte einen Film sehen, und dann machten wir den Fernseher an und guckten irgendeine Liebesschnulze mit Jennifer Aniston, und als Omi dabei einschlief und wie ein Hochseematrose schnarchte, kicherten wir und schlichen uns leise aus dem Zimmer. Es war wirklich ein netter Abend. Es war ganz bestimmt der netteste Abend, den wir jemals mit Großmutter Lisa gehabt hatten. Zwar war es traurig, dass Omi dafür ins Krankenhaus hatte kommen müssen, aber vielleicht ist das manchmal so. Vielleicht müssen solche Dinge passieren, damit die Leute sich wieder näherkommen. Auf der Heimfahrt legte Baba die Weihnachts-CD von Elvis Presley ein, und wir sangen laut mit, sogar Großmutter Lisa.

Well it's christmas time, pretty baby, and the snow is fallin' on the ground / Oh, it's christmas time, pretty baby, Santa Claus is back in town

Singend fuhren wir über die Landstraße nach Hause, und ich spürte im ganzen Körper, dass es Weihnachten war, so wie ich das als Kind immer gespürt hatte. Es fiel zwar kein Schnee vom Himmel, und an den Weihnachtsmann glaubte ich auch schon lange nicht mehr, aber es standen unglaublich viele Sterne am Firmament, und wir sangen so schön, dass mir ganz warm ums Herz wurde.

Das gute Gefühl hielt genau bis zu dem Moment, als ich im Bett lag. Dann fingen meine Gedanken wieder an zu kreisen. Schlaflos wälzte ich mich im Bett herum, und gegen Mitternacht hielt ich es nicht mehr aus. Ich knipste das Licht an, nahm mein Handy und wählte Meleks Nummer. Es dauerte eine Ewigkeit, bis sie sich meldete.

»Hey«, sagte sie schlaftrunken. »Was gibt's?«

»Ich dreh durch, Melek. Ich muss wissen, was gestern noch passiert ist.«

»Keine Ahnung«, murmelte Melek. »Ich bin dann auch irgendwann gegangen. Ich hab nur noch mitbekommen, dass sie darüber geredet haben, mit den syrischen Jungs ins Galaxy zu gehen.«

»Ins Galaxy?«

»Wenn du Genaueres wissen willst, musst du David fragen, der wollte, glaub ich, auch mit.«

»Wann ungefähr war das?«

»Keine Ahnung.«

»Ungefähr?«

Melek seufzte. »Halb zwölf vielleicht. Vielleicht auch später. Aber Mathilda, können wir morgen reden? Ich hab echt eine empfindliche Tiefschlafphase.«

»Klar. Entschuldige.«

»Schon gut«, sagte Melek und legte auf.

Sehr viel schlauer war ich nach diesem Telefonat nicht. Das Galaxy war der einzige Club in der Stadt. Ich war noch nie dort gewesen, und nachdem ich mich auf der Homepage durch die Fotos der vergangenen Veranstaltungen geklickt hatte, konnte ich mir auch nicht vorstellen, dass ich jemals dort landen würde. Völlig überschminkte Mädchen, Jungs mit Undercut-Frisuren im Strobolicht, Cocktailgläser in der Hand, während durch die Boxen wahrscheinlich billiger Elektropop in den Raum geballert wurde. Ein Foto von Alex oder Milad konnte ich nicht finden. Ich öffnete mein Postfach und las noch einmal Milads Nachricht. Beziehungsweise guckte ich mir das Fragezeichen an, das er mir vor knapp 24 Stunden geschickt hatte. Kurz bevor er mit Alex in diesen Provinzclub gegangen war, wo dann wer weiß was passiert war. Ich würde es nie herausfinden, wenn ich nicht mit ihm redete. Ich zögerte nur noch einen Moment. Dann gab ich mir einen Ruck und schrieb ihm eine Nachricht: *Hey Milad, über Weihnachten haben wir Besuch, vielleicht können wir uns danach sehen und über alles reden? Oder sollen wir morgen telefonieren? Mats*

Ich hatte nicht damit gerechnet, dass er sofort zurückschrieb. Aber es dauerte keine Minute, da ploppte seine Antwort auf dem Display auf: *Okay*. Ich warte eine ganze Weile. Aber da kam nichts mehr. Okay. Das war alles. Ich hätte am liebsten mein Handy durchs Zimmer geschmissen. »Ich hab dich was gefragt, du Arsch!« Okay, was? Okay, nach Weihnachten sehen, oder okay, morgen telefonieren? Was sollte denn das? Zuerst dieses Fragezeichen und jetzt nur vier Buchstaben. Anscheinend war ich ihm schon so egal, dass ich ihm nicht mal eine vernünftige Antwort wert war. Wütend und enttäuscht rollte ich mich in die Bettdecke und heulte so lange, bis ich irgendwann völlig erschöpft in den Schlaf fiel.

36

Das Komitee Besorgte Bürger marschiert oder: Geschminkte Mädchen spielen keinen Fussball

Eigentlich hatte Großmutter Lisa am ersten Weihnachtsfeiertag wieder abreisen wollen, aber wegen Omis Unfall beschloss sie, ihren Besuch um ein paar Tage zu verlängern.

Außerdem hatte sie ja ihren Braten noch nicht gemacht, und das wollte sie sich auf keinen Fall nehmen lassen. Hans war zu Besuch gekommen, wir saßen den ganzen Vormittag auf dem Sofa und tranken Tee, während Großmutter Lisa in der Küche stand und kochte. Sie hatte sogar Kartoffeln mitgebracht, weil sie davon überzeugt war, dass es so etwas in unserem Haushalt nicht gab.

»Der Hofer ist auf hundertachtzig«, erzählte Hans. »Er hat die ganze Woche mit seinen *Besorgten Bürgern* vor dem Rathaus protestiert, aber die Sache ist beschlossen, die meisten Unterkünfte sind schon eingerichtet und werden nach Weihnachten bezogen.«

»Auch das Sportheim?«, fragte ich.

»Auch das Sportheim«, sagte Hans.

»Redet ihr über diese Sache mit dem Asbest im Asylwohnheim?«, fragte Großmutter Lisa aus der Küche. »Ich hab davon gelesen. Wollt ihr wissen, was ich dazu sage?«

»Nee«, sagte Baba. »Das gibt nur Streit.«

»Na gut«, sagte Großmutter Lisa und widmete sich wieder ihrem Kloßteig.

Baba und ich sahen uns erstaunt an. Wir hatten Großmutter Lisa noch nie so friedfertig erlebt. Dass ihre Mutter im Krankenhaus lag, schien ihr ziemlich den Wind aus den Segeln genommen zu haben.

Kochen konnte Großmutter Lisa, das musste ich ihr lassen. Ihr Braten war ganz bestimmt das Beste, das ich in diesem Jahr gegessen hatte. Als ich ihr das sagte, freute sie sich ziemlich. Ich glaube, sie wurde sogar ein bisschen rot. Vielleicht lag es an dem guten Essen, vielleicht daran, dass all meine negativen Gefühle von meinem Liebeskummer aufgebraucht wurden, aber ich konnte Großmutter Lisa plötzlich irgendwie viel besser leiden. Ich meine, sie war nervig und ein bisschen dumm. Aber sie war immerhin meine Großmutter. Es wäre doch nett, wenn ich zumindest an Weihnachten mit ihr auskam.

Nach dem Mittagessen wollten wir alle zusammen ins Krankenhaus fahren, um Omi abzuholen, die angerufen und Bescheid gegeben hatte, dass sie wieder nach Hause gehen durfte. Aber als wir durch das Dorf fuhren, sahen wir, dass merkwürdig viele Leute unterwegs waren, die alle nach oben zum Sportheim liefen.

»Was ist denn da los?«, fragte Baba, und anstatt Richtung Stadt abzubiegen, fuhr sie hoch zum Sportplatz und parkte das Auto unter dem Basketballkorb. Wir stiegen aus und gesellten uns zu der Menschentraube, die sich vor dem Sportheim gebildet hatte.

In diesem Moment trat Sven Hofers Vater vor. Er stellte sich oben auf den Treppenabsatz, damit alle ihn sehen konnten, und rief: »Guten Tag und schön, dass Sie so zahlreich erschienen sind.«

Komitee Besorgte Bürger stand auf einem T-Shirt, das er sich über seine Winterjacke gezwängt hatte, was ziemlich bescheuert aussah. Sven Hofer und seine Mutter liefen durch die Reihen und verteilten die gleichen T-Shirts gratis an die Leute.

»Noch zwei Tage!«, rief Herr Hofer. »Zwei Tage bleiben uns, um uns gegen diese unverantwortlichen Entscheidungen unseres Stadtrats zu wehren. Ich sage unverantwortlich, weil niemand abschätzen kann, was passiert, wenn plötzlich vierzig Flüchtlinge in ein kleines Dorf wie dieses hier einfallen. Diese Leute haben meistens keine Arbeit, sie haben nichts zu tun. Sie werden Tag für Tag vor diesem Sportheim sitzen. Was machen wir, wenn es wieder wärmer wird und unsere Kinder Fußball spielen wollen? Was sagen wir ihnen, wenn sie sich nicht auf den Sportplatz trauen, weil dort zwanzig syrische Männer herumlungern?«

»Na, dass sie die Männer fragen sollen, ob sie mitspielen wollen!«, rief Baba ganz laut, und alle Köpfe drehten sich zu uns um.

»Das sag ich ihnen. Gibt fast zwei komplette Fußballmannschaften. Was will man mehr?«

»Barbara!«, zischte Großmutter Lisa.

»Sie stellen sich das viel zu einfach vor, gute Frau«, sagte Herr Hofer. »Diese Leute kommen aus einer ganz anderen Welt. Die verstehen nicht, wie es bei uns läuft. Lassen Sie mal ein paar junge Mädchen hier auf dem Sportplatz auftauchen, spätestens dann wissen Sie, wovon ich rede. Diese Leute sind es nicht gewohnt, dass Mädchen Fußball spielen und kurze Röcke tragen und sich schminken.«

»Die Mädchen, die ich kenne, spielen meistens nicht in kurzen Röcken Fußball«, antwortete Baba und grinste. »Geschminkt auch eher selten. Es sei denn sie benutzen wasserfeste Wimperntusche. Davon würde ich aber abraten. Meistens verläuft sie früher oder später trotzdem. Oder sie ist so hartnäckig, dass man abends beim Abschminken eine halbe Stunde braucht, um das Zeug wieder runterzukriegen.«

Ein paar Leute lachten. Auch David, den ich in diesem Moment erst entdeckte. Er stand ganz vorne bei der Treppe, neben seiner Mutter. Die lachte allerdings nicht, sondern guckte ziemlich böse in unsere Richtung. Sie hatte noch blauere Augen als David, fast schon durchsichtig waren ihre Augen. Das sah irgendwie unheimlich aus.

»Im Ernst«, rief Baba. »Warum muss man sich immer vorher um alles Sorgen machen? Vielleicht wird es ja ganz toll, wenn so viele neue Leute hierherkommen. Vielleicht wird es auch nicht toll, keine Ahnung. Aber warum denn immer diese Angst? Gucken wir doch einfach mal, was passiert.«

»Gucken wir doch mal, was passiert«, äffte Sven Hofers Vater sie nach, und dann wurde er plötzlich laut und brüllte: »Es ist schon genug passiert! Und zwar genau wegen Leuten wie Ihnen, die immer nur zugucken und abwarten, was passiert!«

»Ja, richtig!«, schrie Baba zurück. »Leute wie ich haben viel zu lange zugeguckt, wie Leute wie Sie durch die Gegend laufen und Paranoia verbreiten. *Komitee Besorgte Bürger* – Da lachen ja die Hühner! Nennen Sie sich doch wenigstens *Komitee Besorgte Nazis*, das wäre zumindest ehrlich!«

Ich platzte fast vor Stolz auf Baba. Ich würde mich nie im Leben trauen, so etwas laut zu sagen. Leider brach danach ein ziemlicher Tumult aus. Ein paar Leute riefen: »Sie hat doch recht!«, aber die meisten keiften wütend auf Baba ein.

Ein alter Mann in einer Daunenjacke kam auf Baba zu und packte sie an der Schulter. Und da knallte bei mir irgendeine Sicherung durch. Ich schrie ihn an, dass er Baba loslassen sollte, und Hans tat das auch, aber der Mann hörte uns gar nicht zu, er brüllte nur immer weiter und spuckte beim Reden, und ich zog an seinem Arm herum und versuchte, Baba aus seinem Griff zu befreien, aber er ließ einfach nicht los. Und da biss ich ihn in den Arm.

Besonders weh tat ihm das bestimmt nicht, die Daunenjacke war dick gefüttert. Aber er zuckte zurück und schrie: »Die hat mich gebissen! Die hat mich gebissen!«

Er hielt seinen Ärmel nach oben, auf dem sich dunkel und speichelnass mein Gebissabdruck abzeichnete. Und Junge, dann ging es erst richtig los auf diesem Sportplatz. Die Leute buhten und pfiffen. Baba versuchte noch, etwas zu meiner Verteidigung zu sagen, aber das ging in dem Lärm völlig unter. Da nahm mich Baba an der Hand und lief mit mir zusammen zum Auto. Bevor sie einstieg, zeigte sie den Leuten vor dem Sportheim noch den Mittelfinger. Dann knallte sie die Tür zu, legte den Rückwärtsgang ein und schleuderte um die Kurve.

Erst zu Hause fiel uns auf, dass wir Großmutter Lisa und Hans vergessen hatten.

»Egal«, sagte Baba und stellte den Motor ab. Als sie den Schlüssel aus dem Schloss zog, sah ich, dass sie zitterte.

»Nicht heulen«, sagte Baba. »Wir dürfen nicht heulen.«

»Ja«, sagte ich, aber es war schon zu spät.

»Komm her«, sagte Baba und schlang ihre Arme um mich, und dann fing sie auch an zu heulen.

Ich presste mein Gesicht in ihre weiche Wolljacke, die immer so gut nach Erde und nach Zimt roch, dieser Babageruch, den ich aus allen Gerüchen dieser Welt herausfinden würde, der mich einhüllte wie eine Wolke, in der ich wieder ein Kind war und nicht eine Fünfzehnjährige, die gerade einen Mann gebissen hatte.

»Mein kleiner Pitbull«, sagte Baba, als sie mich losließ. Sie streichelte mir über die Wange, und ich lachte und heulte gleichzeitig noch ein bisschen.

»Meinst du, das gibt Ärger?«

»Weil du ihn gebissen hast? Nee, das glaub ich nicht. Aber Ärger gibt es. Du hast die Leute ja gesehen.«

Sie lehnte sich zurück und guckte nachdenklich durch die Frontscheibe. Am Ende der Straße stand Tobi und winkte zu uns herüber. Baba winkte zurück.

Dann öffnete sie die Tür und sagte: »Na komm, gehen wir ins Haus und lassen uns noch ein bisschen von meiner Mutter anschreien.«

Aber Großmutter Lisa schrie nicht. Sie kam überhaupt erst zwei Stunden später nach Hause, ging wortlos in das Gästezimmer und packte ihre Sachen. Wir saßen zusammen mit Hans, der in der Zwischenzeit auch zurückgekommen war, am Küchentisch und warteten, bis Großmutter Lisa fertig war.

»Soll ich dich zum Bahnhof fahren?«, fragte Baba.

»Nicht nötig«, antwortete Großmutter Lisa. »Herr Hofer ist so nett und fährt mich.«

»Wie du meinst«, sagte Baba.

Großmutter Lisa ging ein paar Schritte auf die Wohnungstür zu. Dann überlegte sie es sich anders und kam zurück in die Küche.

»Ich habe mich noch nie so geschämt«, presste sie hervor. Mit einem Punkt hinter jedem Wort. *Ich. Habe. Mich. Noch. Nie. So. Geschämt.*

»Ja«, sagte Baba nur, ohne ihre Mutter anzusehen.

»Wollen Sie sich nicht setzen?«, fragte Hans. »Ich glaube nicht, dass es eine gute Idee ist, wenn Sie jetzt ...«

Aber Großmutter Lisa drehte sich um und ging.

»Tschüss, Mutter«, rief Baba ihr hinterher. »Bis nächstes Jahr.«

Die Tür fiel ins Schloss, und dann war es still. Hans legte tröstend seinen Arm um Babas Schulter. Den anderen Arm hielt er mir entgegen und sagte: »Beiß rein, wenn du dich abreagieren willst.«

»Haha«, sagte ich.

»Das war Weihnachten, beschissen wie jedes Jahr«, sagte Baba und schlug auf die Tischplatte. »So, jetzt gehen wir endlich mal Omi holen. Die Arme wartet schon seit Stunden auf uns.«

37

Ein Wind, der den Verstand verdreht oder: Omi nimmt mich nicht ernst

Während Hans und Baba ins Krankenhaus fuhren, um Omi abzuholen, verkroch ich mich in mein Bett und fiel innerhalb weniger Sekunden in einen komatösen Schlaf. Wahrscheinlich war mein Körper nach den Ereignissen der letzten Tage einfach kollabiert. Wie ein Computer, an dem man alle Programme gleichzeitig bedient hatte. Zu viel, Absturz, Reset, kurze Pause bitte.

Ich träumte wirres Zeug. Milad und Alex knutschten auf der Tanzfläche vom Galaxy, das gleichzeitig auch ein Sportplatz war. Der alte Mann mit der Daunenjacke stand auf dem Rasen, er hatte nur noch einen Arm und brüllte. Ich rannte weg, und plötzlich war ich in der Aula unserer Schule. Der alte Mann verfolgte mich immer noch, ich rannte auf die Bühne und schrie um Hilfe, aber niemand hörte zu. Hinten im Saal stand Milad, ich rannte auf ihn zu, aber mit einem Mal drehte er sich um, und da verschwand auch alles andere, und ich fiel in einen luftleeren Raum, fiel und fiel und plötzlich sah ich weit unter mir die Erde, sie war ganz klein, wie eine Murmel, so klein, ich wollte zurück, ich ruderte mit den Armen, aber ich fiel immer weiter hinein in das Weltall, die Erde wurde kleiner und kleiner, und kurz bevor ich sie nicht mehr sehen konnte, wachte ich endlich auf.

Draußen war es bereits dunkel geworden. Ich griff nach meinem Handy. Keine neuen Nachrichten. Schwerfällig schob ich die Bettdecke beiseite und ging in die Küche. Auf dem Tisch lag ein Zettel, auf den Baba mit ihrer krakeligen Handschrift einen halben Roman geschrieben hatte. Soweit ich es entziffern konnte, waren sie und Hans, nachdem sie Omi zu Hause abgeliefert hatten, losgezogen, um mit den Leuten im Dorf über die Sportheim-Sache zu sprechen. Ich aß den Rest von Großmutter Lisas Braten, der immer noch im Kühlschrank stand. Dann ging ich rüber zu Omi.

Der Bluterguss unter Omis Auge hatte eine violett-gelbe Farbe angenommen. Sie sah aus, als wäre sie in eine Prügelei geraten. Aber sie war überglücklich, wieder zu Hause zu sein.

»Im Krankenhaus wollten sie mich dazu überreden, in ein Altersheim zu ziehen«, sagte Omi, während wir auf ihrem Sofa saßen und Kakao tranken. »Aber da hab ich ihnen den Vogel gezeigt. Das hier ist der Ort, an dem ich sterbe. So hab ich das beschlossen, so wird es sein.«

»Du stirbst nicht, Omi«, sagte ich.

Omi wackelte mit dem Kopf und sagte: »Weiß nicht, Tilli. Ich hab mal gehört, dass das mit dem Sterben für alle gilt. Aber vielleicht haben sie es mittlerweile geändert, ich lese nicht mehr so viel Zeitung.«

»Jetzt noch nicht, meine ich.«

»Nee, aber vielleicht bald. Ich fänd's nicht schlimm, den Hut zu nehmen. Ich hab ein gutes Leben gehabt. Und weißt du, was das Beste war? Das warst du. Als ich dich zum ersten Mal im Arm gehabt habe – du warst gerade geboren und ganz rot und verknittert und hast geschrien, und gerade in diesem Moment zieht die Hebamme im Kreißsaal die Jalousien hoch und über Berlin geht die Sonne auf. Ich hab mich mit dir ans Fenster gestellt und gesagt: Guck mal.«

»Und ich hab aufgehört zu schreien und die Augen aufgemacht, ich weiß.« Ich hasse es, wenn die Leute Babygeschichten von mir erzählen. Was soll ich damit anfangen? Außerdem sollte Omi aufhören, über ihren Tod reden. Es war grad eh alles beschissen genug.

»Läuft nicht so gut mit Milad, was?«, fragte Omi und sah mich an.

»Nee«, sagte ich. »Läuft eigentlich gar nicht mehr. Er hat sich in eine andere verliebt.«

»Hat er das gesagt?«

»Nicht direkt. Aber ich bin ja nicht blöd.«

»Aha«, machte Omi. »Na, da würde ich ihn besser mal fragen. Und dann kommst du wieder und erzählst mir, was er gesagt hat.« Sie tätschelte mir das Knie und stand auf. »Ich bin ziemlich müde. Klappst du mir bitte das Bett auf?«

»O wow«, sagte ich. »Ich fühl mich echt ernstgenommen.«

»Da gibt es nichts, was man ernstnehmen könnte«, rief Omi, während sie Richtung Badezimmer lief.

»Super«, sagte ich leise. »Das hilft mir jetzt total.«

Nachdem ich Omi das Nachthemd angezogen hatte und sie unter die Bettdecke gekrochen war, saß ich noch eine Weile bei ihr, und wir sahen aus dem Fenster. Draußen war ein starker Wind aufgekommen, die Bäume vor dem Haus schwankten wie betrunkene Riesen.

»Hörst du das?«, fragte Omi.

»Was?«, fragte ich zurück und erinnerte mich daran, dass Milad mir vor ein paar Tagen die gleiche Frage gestellt hatte, damals, in einem anderen Leben, als wir unter dem Froschschirm durch den Regen spaziert waren. Omi antwortete nicht. Vor dem Fenster segelte eine Plastiktüte vorbei und verfing sich in den Ästen vom Nussbaum. Dort hing sie und wurde hin und her geschüttelt.

»Pass auf dich auf, Tilli«, sagte Omi. »Bei so einem Wind muss man auf sich aufpassen. Das ist ein Wind, der den Leuten den Verstand verdreht.«

»Okay«, sagte ich. »Ich pass auf.«

Aber ich hatte ihr gar nicht richtig zugehört.

38

EIN STURM ZIEHT AUF ODER: ICH ERFAHRE, WAS ICH SOWIESO SCHON WEISS

Als ich aus Omis Häuschen trat, zerrte der Wind mit einer Heftigkeit an mir, die mich überraschte. Ich zog mir die Kapuze über den Kopf und lief über den kleinen Weg zur Gartentür, die mit einem wütenden Quietschen hin und her geschleudert wurde. Ich machte sie hinter mir zu, aber der Riegel war alt und schloss nicht mehr richtig. Der Wind drückte die Tür aus dem Schloss, warf sie gegen den Gartenzaun und wieder zurück. Eine Weile stand ich da und sah diesem Spiel zu. Ich dachte daran, was Omi gesagt hatte. Wahrscheinlich sollte ich tatsächlich mit Milad reden. So konnte das nicht weitergehen, ich musste Klarheit kriegen, wenn ich nicht verrückt werden wollte. Ich beschloss, einen Spaziergang zu machen und ihn danach anzurufen.

Mit dem Wind im Rücken lief ich ziellos durch das Dorf. Außer mir war niemand auf den Straßen. Der Wind heulte und riss an allem, was er in die Finger kriegte. Ganze Äste brachen von den Bäumen und trieben gemeinsam mit Blättern, Papiertüten und anderen Dingen wildwestmäßig über den Asphalt. Ab und zu krachte ein Fensterladen, irgendwo ging klirrend etwas zu Bruch. Als ich am Sportplatz vorbeikam, sah ich, dass unter dem Vordach des Sportheims ein paar Jugendliche standen und diskutierten.

Keine Ahnung, was ich mir dabei dachte, als ich zu ihnen ging. Vielleicht hatte Omi recht. Vielleicht war das wirklich ein Wind, der den Verstand verdrehte. Die Jugendlichen vor dem Sportheim waren jedenfalls auch nicht mehr richtig bei Sinnen.

»Das ist doch alles scheiße!«, rief dieser Typ, der Zipper genannt wurde. »In zwei Tagen rücken die hier ein, und keine Sau interessiert sich dafür, was wir darüber denken. Und dein Alter«, er wandte sich an Sven Hofer, »dein Alter labert auch nur rum.«

»Wenigstens tut er irgendwas«, verteidigte Sven Hofer seinen Vater. »Er hat immerhin das *Komitee Besorgte Bürger* gegründet, und vorgestern hat er mit dem Bürgermeister gesprochen. Persönlich.«

»Und? Hat's was gebracht? Persönlich, Alter! Am Arsch!«

»Wir hauen denen einfach aufs Maul, wenn die kommen. Dann wollen die ganz schnell von selber wieder hier weg«, sagte ein Junge, den ich nur vom Sehen kannte. Er trug einen Kapuzenpullover, auf dem »Devil's Dog« stand, und ehrlich, so sah er auch aus.

»Wir sollten dem Bürgermeister aufs Maul hauen. Ich weiß, wo der wohnt!«, rief Robert, der Bruder von Tobi. Es überraschte mich, dass er um diese Uhrzeit noch draußen war. Er war erst zwölf, aber er stand da und machte auf dicke Hose.

»Auf jeden Fall müssen wir irgendwas machen«, sagte der Kapuzenpulli.

»Natürlich müssen wir was machen!«, rief Zipper. »Glaubst du, ich sitz einfach hier rum und dreh Däumchen, während vierzig Kanaken in unser Sportheim einziehen? Es gibt immer noch das Recht auf Selbstverteidigung. Alter, das ist ein Menschenrecht.«

»Na ja. Nee. Stimmt nicht ganz«, sagte ich. Ich wollte das gar nicht sagen. Es kam einfach aus meinem Mund. Plötzlich guckten mich alle an.

»Was will die denn hier?«, sagte Sven Hofer.

»Pass auf. Die beißt«, rief Robert und kicherte.

»Immerhin sitzt sie heute mal nicht hinter einem Busch und belauscht uns«, sagte Zipper.

»Ich hab nur … ich wollte nur … also, das stimmt nicht«, sagte ich. »Selbstverteidigung ist kein Menschenrecht. Also nicht so, wie ihr das meint« Meine Stimme war einigermaßen ruhig, aber mein Herz klopfte bis in den Hals.

»Sagt die, die einfach so auf alte Männer losgeht«, rief der mit dem Kapuzenpulli. Er zog die Nase hoch und spuckte aus. Direkt vor meine Füße. Robert fand das so lustig, dass er sich vor Lachen beinahe verschluckte. Ich guckte fassungslos und angewidert auf den Schleimklumpen, dann zu Robert, dann zu den anderen. David sah zur Seite, als unsere Blicke sich trafen.

»Ihr spinnt doch komplett«, sagte ich und drehte mich um.

»Nicht so schnell«, sagte Zipper und stellte sich mir in den Weg.

Ich machte einen Schritt zur Seite, um an ihm vorbeizulaufen. Aber er gab mir einen Schubs, ich stolperte rückwärts, und plötzlich standen alle in einem Kreis um mich herum.

Was soll denn das?, wollte ich sagen, aber ich bekam kein Wort heraus. Meine Knie fingen an zu zittern. Ruhig bleiben, sagte ich zu mir selbst. Ich war ein Mädchen. Ein Mädchen würden sie nicht schlagen. Oder?

»Leute, lasst sie in Ruhe. Sie ist wegen mir hier.« Es war David, der das sagte.

Ich guckte ihn genauso überrascht an wie alle anderen.

»Sie ist nicht so wie ihre Mutter«, hörte ich ihn sagen. »Sie ist auf unserer Seite.«

»Alter, am Arsch!«, rief Zipper. »Und warum hat sie dann den alten Krause gebissen?«

»Weil der ihre Mutter angepackt hat, Mann«, sagte David. »Egal wie du zu deiner Mutter stehst, wenn jemand anders sie so anpackt, dann wehrste dich doch, oder?«

Er nahm einen hastigen Zug von seiner Zigarette und versenkte sie dann in einer leeren Bierflasche. »Aber es ist ihr voll peinlich, wie ihre Mutter durchs Dorf rennt und alle Leute mit ihrem Hippiezeug belabert. Da hab ich ihr gesagt, sie soll mal mit zu uns kommen. Kann doch keiner was für seine Eltern. Oder findste immer alles richtig, was dein Alter so rauslässt?« Er drehte sich um und schleuderte seine Bierflasche die Kellertreppe hinunter, dorthin wo vor einiger Zeit auch der Blumentopf zu Bruch gegangen war. Es klirrte leise, als die Flasche unten auf dem Betonboden zersprang. Danach sagte eine Weile lang niemand mehr was. Sie schienen zu überlegen, was sie damit anfangen sollten. Ich konnte richtig sehen, wie es in ihren Köpfen arbeitete.

»Stimmt das?«, fragte der mit dem Kapuzenpulli schließlich.

Ich nickte und sah zu Boden. Es war demütigend. Aber ich war einfach zu feige, irgendetwas anderes zu tun. Außerdem wollte ich David nicht in den Rücken fallen. Warum auch immer, er hatte versucht, mir zu helfen.

»Hm«, machte Zipper. »Ich find trotzdem nicht, dass die hier was verloren hat. Sorry, David.«

»Schon okay, Leute. Ich hätt euch ja auch erst mal fragen sollen«, sagte David und blinzelte mir zu.

»Ist das deine Freundin, oder was?«, platzte Robert heraus.

»Geht dich doch nichts an«, sagte David. Dann wandte er sich an mich und sagte: »Ich bring dich nach Hause, okay? Bin gleich wieder da, Leute.«

»Du darfst das nicht so ernst nehmen«, sagte David, während wir den Sportplatz überquerten. »Die meinen das nicht so.«

»Wie meinen sie es dann?«

Er zuckte die Schultern. »Keine Ahnung.«

»Na ja. Danke jedenfalls. Das war nett von dir.«

»Ich weiß manchmal nicht, was ich denken soll«, sagte David. »Ich war auch immer eher dagegen, dass im Sportheim irgendwelche Asylsuchenden untergebracht werden. Aber vorgestern nach der Weihnachtsgala waren wir noch im Galaxy, und ich hab den ganzen Abend mit so ein paar Jungs aus Syrien Tischfußball gespielt, und die waren aber wirklich cool. Und ich hab gedacht, wenn jetzt zum Beispiel die ins Sportheim kommen würden, dann fänd ich das voll okay.«

»Vielleicht solltest du das mal deinen Freunden da hinten erzählen«, sagte ich.

»Ja«, sagte David. »Vielleicht.«

»Und sonst so?«, fragte ich und versuchte, nur so halb interessiert zu klingen. »Was ist sonst noch so passiert im Galaxy? Hat Alex mit jemandem rumgemacht?«

»O ja. Und wie«, sagte David. »Das war ja von Anfang an klar, dass die zusammen in der Kiste landen.«

»Die sind sogar zusammen in die Kiste?«

»Irgendwann waren sie auf jeden Fall verschwunden, und Tini hat gesagt, dass sie zu ihm nach Hause sind.«

»Krass«, sagte ich. Mehr brachte ich nicht heraus. Ich hatte das Gefühl, keine Luft mehr zu bekommen.

Zum Glück kamen wir in diesem Moment bei unserem Haus an.

»Schlaf gut, Mathilda«, sagte David.

»Ja«, sagte ich. »Danke fürs Nachhausebringen.«

»Gerne«, sagte David, und dann passierte etwas Seltsames. David guckte mich an, auf diese eine, ganz bestimmte Art; ich schwöre, es war völlig klar, dass er mich küssen wollte.

»Schlaf du auch gut«, sagte ich schnell, bevor es richtig seltsam wurde. Dann drehte ich mich um und lief ins Haus.

39

Ich höre auf zu heulen
oder: Ich sorge dafür, dass die Dinge passieren

»Fuck, Mathilda«, fluchte Melek, als sie endlich ihr Telefon abnahm. »Kannst du nicht mal zu einer normalen Tageszeit anrufen? Es ist schon halb elf.«

»Ich weiß, tut mir leid«, sagte ich und dann fing ich an zu heulen.

»Oh«, sagte Melek. »Ist was passiert?«

»Ich hab mit David geredet«, sagte ich. »Ich weiß jetzt alles.«

»Fuck«, sagte Melek. »Und jetzt?«

»Was und jetzt? Nichts und jetzt. Das war's und jetzt.«

»Willst du nicht nochmal mit Milad reden?«

»Ich will nie wieder mit ihm reden.«

»Aber vielleicht ist es ein Missverständnis.«

»Sie sind zu ihm nach Hause. Wo ist da das Missverständnis?«

»Okay. Nee, das ist eindeutig. So ein Arsch.«

»Ja«, sagte ich. »Er ist ein Arsch, und ich werde ihm keine einzige Träne nachweinen.«

»Klingt konsequent, wie du das machst«, sagte Melek.

»Ich hör jetzt gleich auf zu heulen«, sagte ich. »Das mach ich. Ich hör auf zu heulen, und dann vergesse ich ihn einfach.«

»Viel Glück dabei«, sagte Melek. »Wenn's nicht klappt, ruf an. Egal, wann. Ich bin für dich da, okay?«

»Danke.«

Als ich aufgelegt hatte, saß ich eine Ewigkeit lang einfach da und sah aus dem Fenster. Es war noch immer sehr stürmisch draußen, der Wind riss an den Bäumen herum, als wäre er wütend auf sie. Aber in mir drin war es ganz ruhig. Ich war nicht einmal mehr traurig. Ich war irgendwie ganz leer. Es war vorbei. Ich würde Milad nie wiedersehen. Ich dachte daran, was Baba immer sagte, wenn eine ihrer Beziehungen zu Ende ging. Jetzt hab ich endlich wieder Zeit für mich. Ich wusste nicht genau, was das heißen sollte. Zeit für sich haben. Man hat doch immer Zeit für sich, oder nicht? Man ist ja die ganze Zeit mit sich zusammen. Die Frage ist nur, ob es eine gute Zeit ist. Mein Vater hatte mir mal erklärt, dass Zeit einem länger vorkommt, wenn viel Neues passiert. Also zum Beispiel kommt einem die Kindheit im Rückblick lang vor, weil man ständig neue Dinge erlebt. Und je älter man wird und je weniger neue Dinge passieren, desto schneller scheint die Zeit zu vergehen. Großmutter Lisa sagte jedes Jahr: »Schon wieder ein Jahr rum, kaum zu glauben.« Ob sie das nächstes Jahr auch sagen würde, stand allerdings in den Sternen. Nach ihrem letzten Auftritt konnte man sich eher fragen, ob sie uns in diesem Leben überhaupt nochmal sehen wollte.

Ich saß auf meinem Bett, bis meine Füße eingeschlafen waren. Dann traf ich eine Entscheidung. Ich war fast sechzehn Jahre alt. Ich würde nicht hier herumsitzen und warten, bis die Zeit vorbeiging. Man musste leben. Wie Milad immer gesagt hatte. Er war ein Arsch, aber in diesem Punkt hatte er recht. Und wenn die Dinge nicht von alleine passierten, dann musste man eben dafür sorgen, dass sie passierten. Ich nahm mein Handy und schickte David eine Nachricht.

Bist du noch wach?

Die Antwort kam ziemlich prompt: *Ja, warum?*

Treffen in 5 min vor meinem Haus? Bring den Schlüssel vom Sportheim mit.

Okay … Bis gleich

Dann atmete ich tief durch, öffnete den Chat mit Milad und schrieb: *Es ist aus. Ich wünsch dir viel Glück mit Alex. Mats*

Ich drückte auf Senden, und dann schaltete ich schnell das Handy aus. Ich wollte nicht darauf warten, dass Milad antwortete. Nie wieder wollte ich auf eine Nachricht von ihm warten. Er würde sowieso nur wieder etwas schreiben, das mir wehtun würde. Ein Daumen-Emoji vielleicht. Oder ein *Okay, tschüss dann.* Wahrscheinlich lag er gerade mit Alex im Bett, wie er vor ein paar Tagen noch mit mir im Bett gelegen hatte. Wahrscheinlich las er ihr meine Nachricht vor, und sie lachten sich kaputt darüber. Ich spürte, wie mir die Tränen kamen, aber ich schluckte sie hinunter. Ich würde nicht heulen. Nicht heute. Nicht jetzt. Jetzt würde ich leben.

Ich legte das Handy in die Nachttischschublade und öffnete vorsichtig meine Zimmertüre. Aus Babas Schlafzimmer hörte ich die gedämpften Stimmen von Baba und Hans. Ich schlich die Treppe nach unten in den Flur, nahm meine Jacke vom Haken und schlüpfte in meine Turnschuhe. Als ich die Haustüre hinter mir zuzog, fiel mir siedend heiß ein, dass ich meinen Schlüssel vergessen hatte. Egal, darüber würde ich mir später Gedanken machen.

David wartete bereits vor dem Gartenzaun auf mich.

»Hi«, sagte er und grinste.

»Psst«, machte ich und legte den Finger auf die Lippen. »Hast du den Schlüssel dabei?«

»Ja, hier«, flüsterte David und holte einen Schlüssel aus seiner Hosentasche. »Aber was willst du denn damit?«

»Wir gucken uns das jetzt mal an. Ich hab gehört, dass sie schon die Betten aufgebaut haben.«

»Du spinnst doch«, sagte David.

»Hast du Angst?«, fragte ich und nahm ihm den Schlüssel aus der Hand.

»Quatsch.«

»Na dann los.«

Alle Fenster waren dunkel, die Straßenlaternen warfen ein fahles Licht auf die Straße. Der Wind hatte sich ein bisschen gelegt, aber es war ziemlich kalt. Es war eine Stimmung wie in einem Film, wenn man weiß, gleich passiert irgendwas.

»Und wenn sie das Schloss mittlerweile ausgetauscht haben?«, fragte David im Flüsterton. »Die werden doch gemerkt haben, dass der Schlüssel fehlt.«

»Ach Mann, dann gehen wir halt wieder nach Hause«, antwortete ich ein bisschen genervt. »Passiert doch nichts. Schlafen ja eh alle.«

»Nee, ich nicht«, sagte plötzlich eine Kinderstimme.

David und ich blieben stehen und guckten uns an. Im nächsten Moment löste sich eine Gestalt aus dem Schatten vor Tobis und Roberts Haus.

»Hallo, Mathilda, hallo. Was macht ihr?«

»Was machst du?«, fragte ich zurück, vollkommen perplex. »Es ist mitten in der Nacht.«

»Ich warte auf den Marder. Meine Mutter hat gesagt, dass ein Marder an unserem Auto war. Ich will ihn sehen. Ich hab noch nie einen Marder in echt gesehen.«

»O Mann, Tobi, geh ins Bett«, sagte ich. »Kleine Kinder haben nachts nichts draußen verloren.«

»Wollt ihr wieder ins Sportheim einbrechen?«

»Verpiss dich, du Knallkopf«, zischte David. »Und wehe, du sagst jemanden, dass du uns gesehen hast.«

Er machte einen Schritt auf Tobi zu, und da rannte er in seinen Garten. Wir warteten noch einen Augenblick, aber er kam nicht mehr zurück. Ich zuckte mit den Schultern und dann lief ich weiter.

»Und wenn er uns verpetzt?«, fragte David.

»Macht er nicht, ich kenn ihn.«

Dann sagten wir nichts mehr, bis wir beim Sportheim ankamen. Bevor ich die Kellertreppe hinunterlief, drehte ich mich noch einmal um. Nachtschwarz lag das Dorf hinter uns, niemand außer Tobi schien uns gesehen zu haben. Dann stieg ich über die Scherben der Bierflasche, schloss die Türe auf und trat in den stockdunklen Kellergang. David folgte mir.

40

Ein wirklich toller Abend oder: Ich merke, dass das so einfach nicht funktioniert

Wir tasteten uns zur Treppe, die in den Saal führte. Da wir schon einmal hier unten gewesen waren, fanden wir uns relativ gut zurecht. Obwohl es hundertmal unheimlicher war als beim ersten Mal.

»Guck dir das an«, sagte David leise, als wir die Treppe nach oben gegangen waren. »Das ist ja furchtbar.«

»Ja«, flüsterte ich zurück.

Im schwachen Licht, das von der Straße her in den Raum drang, sahen wir, dass im Saal des Sportheims rund zwei Dutzend Stockbetten aufgebaut worden waren. Dicht an dicht standen sie nebeneinander, in drei Reihen, dazwischen jeweils ein schmaler Gang. Vor jedem Bett stand an der Stirnseite ein Metallspind. Die Matratzen lagen bereits oben und unten auf den Bettgestellen, Decken und Kissen fehlten noch. Es sah ein bisschen so aus, wie ich mir eine Kaserne vorstelle.

»Stell dir vor, du müsstest hier wohnen«, flüsterte David.

»Nee, will ich mir gar nicht vorstellen.«

»Warte mal kurz.«

»Was machst du?«, rief ich ihm nach. »Hey, lass mich nicht alleine hier.«

»Ich komm gleich wieder!«

Er verschwand in der Schiebtür, die in die Küche führte. Ich setzte mich auf eines der unteren Betten und wartete.

»Tada!«, machte David und setzte sich neben mich. In seiner Hand hielt er die *Schwarze-Frühstückskorn*-Flasche. Er schraubte sie auf und sagte: »Ladies first.«

Ich nahm einen ordentlichen Schluck und schüttelte mich. »So was Ekliges.«

»Aber es wirkt«, sagte David und nahm ebenfalls einen kräftigen Zug.

Ich guckte ihn von der Seite an. Ich hatte mich noch nie richtig mit David unterhalten. Unsere flüchtigen Begegnungen auf dem Fahrradweg ausgenommen.

»Hast du eigentlich Geschwister?«, fragte ich und nahm ihm die Flasche wieder aus der Hand.

»Wie kommst du jetzt darauf?«

»Einfach so.«

»Nee, du?«

»Nee, auch nicht. Oder, keine Ahnung, mein Vater lebt in Indien, vielleicht habe ich mittlerweile ein paar indische Halbgeschwister und weiß nichts davon.«

»Hm«, machte David.

Mir fiel auch nichts weiter ein, worüber wir uns unterhalten konnten. Ich hob die Schnapsflasche an meinen Mund und trank sie aus, ohne noch einmal abzusetzen.

»Ey, hallo?«, sagte David. »Hast du jetzt die ganze Flasche leergetrunken?«

»Ja«, sagte ich und rülpste leise.

»Und ich?«

»Tut mir leid.«

David lachte. »Mathilda, Mathilda.«

»Was denn?«

»Nichts.«

Ich setzte mich in den Schneidersitz und lehnte den Oberkörper an den Metallspind. Ich merkte, dass David mich anguckte, und machte die Augen zu. Sollte er doch denken, was er wollte. Ich atmete ein und aus und spürte, wie die Luft meine Lungen füllte und meinen Bauch aufblähte. Eigentlich seltsam, dass man sich nie überlegt, wie man atmet. Man tut es einfach. Das Herz schlägt und pumpt den frischen Sauerstoff durch die Blutbahnen, ohne dass man irgendwas dafür tun muss. Es schlägt und schlägt und schlägt und irgendwann mal hört es auf. Ich hielt die Luft an und probierte aus, ob ich meinen Herzschlag hören konnte.

Aber David klickte mit seinem Feuerzeug herum, darum hielt ich mir die Ohren zu. Das Ergebnis war erstaunlich. Es rauschte und bullerte wie in einem Hochofen, dahinter schwach, aber stetig das Pochen meines Herzschlags. Man ist innendrin ganz schön laut, aber wenn man die Ohren wieder freimacht, hört man davon rein nichts.

Das fand ich seltsam, und ich fing an, darüber nachzudenken, ob das etwas zu bedeuten hatte, und wenn ja, was. Eigentlich, überlegte ich, kann man keinen seiner Sinne so richtig für sich selbst benutzen. Man kann sich nicht wirklich schmecken, sehen, riechen (außer man stinkt), man kann sich nicht mal richtig fühlen. Erst wenn man von jemand anderem berührt wird. Dann spürt man sich.

Milad.

Wie er mich geküsst hatte. Wie wir zusammen unter meiner Bettdecke gelegen hatten. Seine warme Haut. Wie ich meinen Kopf auf seine Brust gelegt hatte und er mir über die Haare gestreichelt hatte.

»Als ihr diesen Auftritt bei der Weihnachtsgala gemacht habt, hab ich nur dich angeguckt«, sagte David plötzlich und riss mich aus meinen Gedanken.

Ich öffnete die Augen. »Weil ich so peinlich war, oder was?«

»Du warst nicht peinlich. Du hast am schönsten von allen getanzt. Alex hat keinen Ton getroffen. Das war peinlich.«

»Ich dachte, du stehst auf Alex.«

»Wer sagt denn sowas?«

»Alle stehen auf Alex.«

»Ich aber nicht.«

»Okay.«

Es entstand eine Pause. David setzte sich auf die Bettkante und nestelte seine Zigarettenschachtel aus der Hosentasche.

»Hältst du das für eine gute Idee, hier zu rauchen?«, fragte ich.

»Wir nehmen die Kippen nachher einfach wieder mit. Merkt doch keiner«, sagte David und hielt mir die Schachtel hin. Ich hatte es ein paar Mal mit dem Rauchen probiert und es immer eklig gefunden. Aber das war jetzt auch egal. Ich rutschte neben David und zog mir eine Zigarette aus der Schachtel.

»Ich war nicht besonders nett zu dir«, sagte David, nachdem er ein paar Züge genommen hatte. Ich rauchte nicht auf Lunge, sondern ließ den Rauch nur einen Moment lang in meinem Mund, bevor ich ihn wieder herauspaffte. Es schmeckte nach verbranntem Kaugummi.

»Das tut mir leid und so.«

»Was?«, fragte ich.

»Dass ich manchmal fies zu dir war.«

»Schon okay.«

Ich trat die Zigarette mit der Schuhspitze aus.

Plötzlich war mir wahnsinnig schwindelig, und ich musste mich hinlegen.

»Alles in Ordnung bei dir?«, fragte David.

»Yep. Ich muss nur kurz. Geht gleich wieder.«

David legte sich neben mich. Und plötzlich spürte ich seine Hand in meinem Gesicht. Ich guckte ihn an, und bevor ich wusste, wie das passierte, war er über mir und küsste mich. Er schmeckte nach Tabak und Schnaps, und seine Zunge war rau und ziemlich grob.

»Nee«, sagte ich und schob ihn weg. »Mach das nicht.«

»Wieso denn?«

»Mir ist schlecht.«

»Du hättest nicht so viel auf einmal trinken sollen.«

»Zu spät.«

»Super«, sagte David und legte sich auf den Rücken. »Ganz toll.«

Es war mir in diesem Moment ziemlich egal, was David dachte. Es fühlte sich absolut falsch an, ihn zu küssen. Der Einzige, den ich küssen wollte, war Milad. Es war eine schwachsinnige Idee gewesen, mit David ins Sportheim einzubrechen, und es ekelte mich, dass seine Zunge in meinem Mund gewesen war.

Am liebsten wäre ich aufgestanden und hätte mir den Mund ausgespült. Aber ich war zu betrunken, um aufstehen zu können.

Die Übelkeit kam in Wellen. Manchmal hatte ich das Gefühl, dass es vorbeiging. Sobald ich jedoch die Augen zumachte, fing es wieder an. Irgendwann schaffte ich es aufzustehen und ging in den Toilettenraum, der neben der Küche lag. Ich machte die Tür hinter mir zu, stürzte in eine der Kabinen und übergab mich ein paar Mal in die Kloschüssel.

Danach ging es mir viel besser. Ich spülte mir den Mund aus und guckte mich im Spiegel an.

»Herzlichen Glückwunsch, Mats«, sagte ich zu meinem Spiegelbild. »Das ist ja wirklich ein toller Abend.«

Als ich zurück in den Saal kam, war David eingeschlafen. Bäuchlings lag er auf der Matratze, Arme und Beine weit von sich gestreckt. Ich kletterte über die Leiter in das obere Bett, rollte mich auf der nackten Matratze zusammen und dämmerte sofort weg.

41

JACK THE ZIPPER
ODER: TOTE VÖGEL SINGEN IMMER NOCH NICHT

Als ich aufwachte, war David verschwunden. Nur seine Schuhe standen noch neben dem Bett.

»David?«, rief ich. »David, bist du da?«

»Psst«, machte er. »Schrei nicht so.«

Seine Stimme kam von der Tür, die in den Keller führte.

»Was machst du denn da?«, rief ich im Flüsterton.

Ich hörte, wie er durch den Mittelgang lief. Kurz darauf stand er neben mir. »Da ist jemand. Komm mit. Wir hauen durch das Küchenfenster ab.«

»Was?«

David schnappte seine Schuhe und rannte in die Küche. Ich lief ihm hinterher. Über der Ablage befand sich ein kleines Fenster. David riss es auf und warf seine Schuhe hinaus.

»Mach schnell.«

»Wer ist denn da?«

»Keine Ahnung. Mach einfach.«

Ich kletterte auf die Ablage, zwängte mich durch das Fenster und sprang hinunter auf den Rasen. Es war zum Glück nicht besonders tief.

»Und jetzt?«, fragte ich, als David neben mir gelandet war.

»Weiß ich doch nicht. Wir müssen uns irgendwo verstecken.«

»Aufs Dach!«, flüsterte ich und zeigte auf die Leiter, die, wahrscheinlich zu Reparaturzwecken oder für den Schornsteinfeger, in die Hauswand geschraubt worden war.

»Okay«, flüsterte David, und so schnell wir konnten kletterten wir die Leiter nach oben.

Das Sportheim war ein Flachdachgebäude, bedeckt mit einem schwarzen gummiartigen Material, das beinahe jedes Geräusch verschluckte. Vorsichtig schlichen wir vorwärts. Plötzlich machte David einen seltsamen Hüpfer und stieß einen leisen Fluch aus.

»Was ist?«, flüsterte ich tonlos.

David zeigte vor seine Füße, und im Mondlicht war eine kleine Vogelleiche zu erkennen.

Ich schlug mir die Hand vor den Mund, um nicht laut herauszuprusten.

»Findest du das vielleicht lustig?«, zischte David. »Ich bin da voll reingelatscht. Ich hab nicht mal Schuhe an.«

Er stieß mir den Ellenbogen in die Seite, aber es half nichts. Ich hatte das Gefühl, demnächst zu platzen. Es war einfach zu komisch, dass David auf diesem Dach direkt in Tobis Zilpzalp getrampelt war.

Von unten waren Stimmen zu hören, es waren schätzungsweise drei Personen.

Immer wieder waren leise Schläge zu hören, wie von einem Hammer auf Metall, wahrscheinlich benutzten sie ein Brecheisen oder etwas in der Art.

»Ich wette, das sind Zipper und die anderen«, flüsterte David.

»Warum heißt der eigentlich Zipper?«, flüsterte ich zurück.

»Angeblich hat er bei einer Prügelei mal jemandem die Kordeln von der Kapuze so fest zusammengezogen, dass der fast erstickt wär. Deswegen. Jack the Ripper. Jack the Zipper. Verstehste.«

»O Mann.«

»Der ist eigentlich ganz okay, nur einfach, keine Ahnung. Seine Mutter ist abgehauen, und der Vater säuft wie ein Loch. Es gibt Leute, die es leichter haben. Keine Ahnung. Wenn man ihn kennt, ist er schon in Ordnung.«

»Und deswegen steht er jetzt da unten und bricht das Sportheim auf?«

»Psst.«

Die Schläge hatten aufgehört, jemand warf einen metallischen Gegenstand zu Boden.

»Ist doch scheiße. So wird das doch nichts«, rief jemand.

»Geht's vielleicht noch bisschen lauter, du Arsch?«, zischte ein anderer. Ich war ziemlich sicher, dass es Sven Hofers Stimme war.

»Ich scheiß drauf, wenn das wer mitkriegt. Ich steh dazu, und wenn ich einfahr dafür ... Irgendwer muss ja was machen.«

»Wenn wir die scheiß Tür nicht aufkriegen, macht hier keiner was.«

»Lass mich nochmal. Das muss doch gehen.«

Erneut waren die Schläge zu hören. Dass mittlerweile nicht das halbe Dorf auf der Matte stand, war ziemlich verwunderlich. Plötzlich ertönte von der Rückseite des Gebäudes ein leiser Pfiff. Kurz darauf waren schnelle Schritte zu hören, jemand rannte um das Gebäude herum.

»Kommt mal mit.« Sven Hofers Stimme, eindeutig.

»Halt die Klappe, du Spast. Wir haben's gleich.«

»Da hinten steht ein Fenster offen.«

»Verarsch uns nicht.«

Zipper und der andere folgten Sven Hofer um das Gebäude herum, und kurz darauf standen sie an der Rückseite des Hauses.

»Ist doch nicht wahr«, sagte Zipper. »Da arbeiten wir uns seit einer halben Stunde da vorne den Arsch ab, und hier können wir einfach ganz gemütlich reinspazieren.«

»Was machen wir eigentlich, wenn wir drin sind? Hast du dir das schon überlegt, Zipper?«, fragte Sven Hofer.

»Keine Ahnung. Wird uns schon was einfallen. Wir schlitzen die Matratzen auf oder so. Ich verlass mich da ganz auf meine spontane Kreativität.«

»Auf jeden Fall setzen wir 'n Zeichen«, sagte der Dritte. »Mit uns nicht. Das ist das, was rüberkommen soll.«

»Quatsch nicht rum und mach mir mal Räuberleiter«, sagte Zipper.

Das Küchenfenster befand sich knapp zwei Meter über dem Boden. Nachdem Zipper und der andere hineingeklettert waren, hörten wir Sven Hofer sagen: »Und ich?«

»Lauf ums Haus, vielleicht können wir dir vorne aufmachen«, antwortete Zipper.

Sven Hofers Schritte entfernten sich, und David flüsterte mir zu: »Wenn sie alle drin sind, hauen wir ab.«

»Ist gut«, antwortete ich.

42

Rauchzeichen
oder: Wer passt hier auf wen auf?

Es dauerte eine ganze Weile, bis wir hörten, wie die Kellertür an der Vorderseite des Hauses geöffnet wurde.

»Hofer, komm rein und guck dir an, was wir gefunden haben.«

»Was ist das?«, fragte Sven Hofer.

»Wonach sieht's denn aus? Der ist noch voll! Der stand da rum, als hätte er auf uns gewartet.«

»Ihr spinnt doch. Da mach ich nicht mit.«

»Heul nicht rum, beweg erstmal deinen Arsch hier rein.«

Sven Hofer verschwand im Sportheim. Wir hörten, wie die Türe zugezogen wurde. Dann sprangen wir auf und kletterten die Leiter wieder nach unten. Mein Herz klopfte wie ein Presslufthammer, und in meinen Ohren sauste es; ich weiß nicht genau, wie ich es schaffte, unten anzukommen, aber irgendwie schaffte ich es. Wir rannten quer über die Wiese nach oben zum Wald.

Als wir die ersten Bäume erreicht hatten, blieben wir stehen und drehten uns um. Alles war ruhig, sie schienen uns nicht bemerkt zu haben.

»Puh«, machte David.

»Was haben die vor?«, fragte ich ihn, während ich mich an den Stamm einer dicken Eiche lehnte und nach Luft rang.

»Keine Ahnung.«

»Sollen wir die Polizei rufen?«

»Bist du verrückt? Das sind meine Freunde.«

»Findest du das vielleicht okay, was die da machen?«

»Die machen doch nichts. Die schmieren ein bisschen was an die Wände, schmeißen ein paar Betten um, und dann sind sie wieder draußen.«

»Und das findest du in Ordnung?«

»Würdest du deine Freunde verpfeifen?«

»Nein, aber …«

»Zipper hat gerade 'ne Lehrstelle bekommen. Er ist schon mal geflogen, bei seiner ersten Lehre. Er hat ewig gebraucht, bis er was gefunden hat. Find mal 'ne Lehrstelle, wenn du schon fast neunzehn bist. Wenn wir jetzt die Bullen rufen, kann er gleich wieder einpacken. Das mach ich nicht. Ich verpfeif meine Freunde nicht.«

»Ist ja schon gut. Reg dich ab.«

Wir schwiegen eine Weile und schauten hinunter zum Sportheim.

»Ist noch gar nicht so lange her, da hast du schon mal hier gestanden«, sagte David.

Ich stöhnte. »Danke, dass du mich daran erinnerst.«

»Du solltest nicht so viel darauf geben, was Alex sagt. Sie ist nur eifersüchtig auf dich.«

»Ja, klar. Warum sollte Alex eifersüchtig auf mich sein?«

»Weil du speziell bist. Erst denkt man, du bist schüchtern, aber du bist voll witzig und irgendwie cooler als die anderen Mädchen.«

»Aha«, machte ich nur.

»Wenn die Schule wieder anfängt, wird alles anders«, sagte David. »Ich pass jetzt auf dich auf.«

»Aha«, machte ich noch einmal.

Dann dachte ich, dass ich das ziemlich unverschämt fand. Ich brauchte niemanden, der auf mich aufpasste. Schon gar nicht David. Ich wollte ihm das gerade sagen, aber in diesem Moment flüsterte David: »Achtung!« und zog mich hinter die Eiche.

Unten öffnete sich die Tür, und die drei Jungs rannten aus dem Sportheim. Jetzt konnte ich auch sehen, wer der Dritte war. Es war der Junge mit dem Kapuzenpulli, der, der mir vor die Füße gespuckt hatte. Sie rannten über den Sportplatz und hinunter ins Dorf.

Es dauerte keine Minute, dann hatte die Nacht sie verschluckt, und das Sportheim lag so still und verlassen da, wie man es um diese Uhrzeit erwarten würde. Aber etwas war anders. Ich konnte zunächst nicht sagen, was. Dann sah ich das Licht. Es flackerte hinter den Fenstern des Sportheims, zuerst nur ganz leicht, dann immer stärker. Bald darauf sah ich auch den Rauch, der aus dem geöffneten Küchenfenster stieg.

»Die machen nichts, ja?«, schrie ich. »Die haben gerade das Sportheim angezündet!«

David starrte immer noch vollkommen entgeistert hinunter zum Sportheim.

»Ich ruf jetzt die Feuerwehr. Ist mir egal, was du sagst.«

Ich fasste an meine Hosentasche, aber dann fiel mir ein, dass ich das Handy zu Hause liegengelassen hatte.

»Hast du dein Handy dabei?«

»Was?«

»Ob du dein Handy dabeihast?«

»Äh. Natürlich.«

David gab mir sein Handy.

Doch als ich gerade die Notfallnummer der Feuerwehr eingeben hatte, sah ich plötzlich, wie jemand über den Sportplatz lief. Jemand, dessen Gang ich kannte wie keinen anderen.

Milad.

43

Die Welt zerfällt in Einzelteile oder: Ich kriege wieder mal den Mund nicht auf

Vor lauter Verblüffung ließ ich das Handy fallen. Es landete auf dem Waldboden, weit entfernt war eine Männerstimme zu hören. David neben mir sagte etwas, aber ich verstand ihn nicht. Er sah aus wie ein Fisch. Mund auf, Mund zu. Ich sah hinunter auf den Sportplatz, und einen Moment lang begriff ich nicht mehr, in welche Richtung die Zeit lief. Die Welt zerfiel in Einzelteile, sie hatte keinen logischen Zusammenhang mehr. Es konnte nicht sein, dass er dort unten über den Sportplatz rannte, es war nicht möglich, es passte nicht hinein.

»Mathilda?« Davids Stimme, direkt neben mir. »Was macht der denn hier?

»Keine Ahnung«, hörte ich mich antworten.

Wir sahen, wie er auf das brennende Haus zulief. Kurz blieb er stehen, schrie etwas. Lief dann die Treppe hinunter, die in den Keller führte, kam jedoch sofort wieder zurück, hustete.

Inzwischen waren die Leute in der unmittelbaren Nachbarschaft wach geworden. Fenster wurden aufgerissen, Türen öffneten sich, Männer und Frauen stolperten in Schlafanzügen auf die Straße.

Der Erste, der auf dem Sportplatz ankam, war der Mann, den ich in den Arm gebissen hatte, Krause hieß der, wenn ich mich richtig erinnerte. Er rannte direkt auf Milad zu, packte ihn am Arm und wollte ihn Richtung Straße ziehen. Milad zog jedoch in die andere Richtung, er zeigte ständig auf das brennende Haus und schrie irgendetwas.

Meine Beine kapierten es zuerst. Sie setzen sich in Bewegung und rannten die Wiese nach unten. Was David machte, bekam ich nicht mit. Kurz bevor ich den Sportplatz erreichte, stolperte ich über einen Ast und kugelte die letzten Meter nach unten. Und da blieb ich dann erst mal liegen. Ich weiß noch, wie ich auf dem Rücken lag und nach oben schaute: Zum ersten Mal in dieser Nacht fiel mir auf, was für ein wahnsinniger Himmel das war. Der Wind hatte die Wolkendecke auseinandergetrieben, es sah aus, als hätte jemand mit Gewalt den Himmel aufgerissen, um den Blick in das All freizugeben.

»Mats? O Gott sei Dank, Mats, da bist du ja!« Milads Gesicht beugte sich über mich. »Ich hab gedacht, du bist noch da drin.« Er lachte und heulte gleichzeitig, während er mit seinen Händen über meinen Körper tastete, als würde er gar nicht glauben, dass ich wirklich da war.

Plötzlich war David neben uns.

»Verpiss dich!«, sagte er und schubste Milad grob gegen die Brust.

Milad stolperte nach hinten und setzte sich auf seinen Hosenboden. Und dann ging alles ganz schnell. Irgendwie waren plötzlich sehr viele Leute um uns herum, und alle redeten durcheinander.

»Der war's, ich schwör's euch! Ich hab's gesehen, ich wohn ja gleich da drüben!«, hörte ich Krause schreien.

»Hat jemand die Feuerwehr gerufen?«, kreischte eine Frau, die in diesem Moment erst zu der Gruppe hinzutrat. Sie war ziemlich außer Atem und unter ihrem Mantel trug sie ein Nachthemd.

»Natürlich, was denkst du denn!«, rief eine andere Frau.

Hinter uns zersprang mit einem lauten Klirren eine Fensterscheibe, wir zuckten alle zusammen und drehten uns zum Sportheim um, das mittlerweile lichterloh brannte. Wie gierige Zungen leckten die Flammen in den Nachthimmel und tauchten die ganze Szenerie in ein unwirkliches rotgelbes Licht. Irgendwo in weiter Ferne waren Sirenen zu hören.

»Kennst du den?«, schrie Krause. Ich verstand nicht gleich, dass mir die Frage galt, aber Krause rüttelte an meiner Schulter und brüllte: »Hä? Sag doch mal! Kennst du den?«

Ich wandte meinen Blick vom Sportheim ab. Krause stand direkt neben mir und funkelte mich böse an. Sein Mundgeruch gab mir fast den Rest.

»Der hat das Sportheim angezündet! Steckst du da mit drin?«, schrie Krause und zeigte mit dem Finger auf Milad, der noch immer im Gras saß und uns mit großen Augen ansah.

»Was reden Sie denn da?«, fragte ich.

»Lass Mathilda in Ruhe, Krause«, sagte David. »Sie war mit mir hier und hat damit nichts zu tun.« Er legte den Arm um meine Schulter und zog mich an sich.

In diesem Moment sprang Milad plötzlich auf und rannte über den Sportplatz Richtung Straße. Krause brüllte irgendetwas, dann rannten er und ein paar andere Männer Milad hinterher. In der Mitte des Sportplatzes stolperte Milad und fiel hin. Die Männer holten ihn ein und warfen sich auf ihn wie ein Rudel Rugbyspieler und drückten ihn auf das Gras. Irgendwo guckte noch der Arsch von Krause aus dem Haufen raus, mit Hose auf Halbmast und Maurerdekolleté. Ich hörte David lachen.

Im nächsten Augenblick bretterten mindestens ein halbes Dutzend Feuerwehrwagen und Polizeiautos die Straße hoch. Sie hielten direkt vor dem Sportheim und versperrten uns die Sicht. Ich machte mich von David los und wollte zwischen den Fahrzeugen auf den Sportplatz laufen.

»Weg da, Mädchen!«, brüllte mich ein Feuerwehrmann an.

Von irgendwoher kam ein Polizist und zog mich zurück.

»Ich muss denen was sagen!«, schrie ich. »Ich muss denen doch was sagen!«

»Das kannst du ja auch gleich«, sagte der Polizist und dirigierte mich sanft in Richtung Straße. »Jetzt lassen wir erst einmal die Feuerwehrmänner ihre Arbeit machen, und dann kannst du uns alles sagen, was du willst.«

»Jetzt!«, schrie ich.

»Ja«, machte der Polizist nur und schob mich weiter.

Als Nächstes sah ich, wie Milad auf ein Polizeiauto zuging, das ganz vorne an der Straße stand. Ein Polizist hielt ihm die Tür auf, und kurz bevor er einstieg, sah Milad noch einmal zurück. Einen Moment lang trafen sich unsere Blicke. Dann fiel die Autotür hinter ihm zu. Ich rannte auf die Kreuzung und sah dem Polizeiauto nach, wie es die Hauptstraße runterfuhr und unten im Dorf um die Kurve bog.

Krause und die anderen Leute aus dem Dorf hatten sich bei den Bänken neben dem Basketballkorb versammelt. Zwei Polizisten standen bei ihnen, und die Leute redeten aufgeregt auf sie ein. David konnte ich nirgendwo entdecken, dafür stand Tobi plötzlich neben mir. Er hatte sein Fahrrad dabei und blinzelte durch seine Brillengläser zu mir hoch: »Hallo, Mathilda, hallo.«

»Was machst du denn hier, Tobi?«

»Ich hab den Marder nicht gesehen.«

»Warst du die ganze Nacht lang wach?«

»Aber dein Freund war da. Ich hab ihm gesagt, dass du mit David ins Sportheim eingebrochen bist. Bist du jetzt böse?«

Ich sagte nichts, schüttelte nur den Kopf und streichelte Tobi über das Haar. Er schob meine Hand weg und sah mich sehr ernst an.

»Hast du gewusst, wenn ein Marder in einen Hühnerstall einbricht, dann tötet er alle Hühner, obwohl er sie gar nicht alle fressen kann.«

»Warum macht er das?«

»Er ist ein Raubtier. Er denkt nicht darüber nach.«

»Aha«, machte ich. Ich sah noch einmal die Straße hinunter, wo das Polizeiauto verschwunden war. Aus dem Augenwinkel bemerkte ich, dass David sich aus der Gruppe beim Basketballkorb löste und auf uns zukam. Und plötzlich wusste ich, was ich zu tun hatte.

»Kann ich dein Fahrrad leihen, Tobi? Ich hab meinen Schlüssel zu Hause vergessen.«

»Mein Fahrrad ist dir zu klein.«

»Ich weiß.«

Tobi nickte, als wäre damit alles geklärt. Man kann über Tobi sagen, was man will, aber ein Idiot ist er ganz bestimmt nicht.

44

Die Zeit steht still
oder: Ich tue endlich, was ich tun muss

Tobis Fahrrad war sogar ihm selbst zu klein, es war ein billiges Plastikding, das beim Fahren klapperte wie eine Spielzeugrassel. Kurz vor der Stadt brach der Lenker ab. Ich knallte in voller Fahrt auf den Asphalt und schürfte mir den Unterarm blutig. Fluchend warf ich das Fahrrad hinter einen Busch und ging zu Fuß weiter. Als ich endlich das Ortschild erreichte, bemerkte ich, dass ich den abgebrochenen Fahrradlenker noch immer in der Hand hielt, und stopfte ihn in einen Mülleimer. Dann überlegte ich es mir anders und zog ihn wieder heraus. Vielleicht konnte man das Rad noch reparieren.

Ich lief durch die menschenleeren Gassen der Altstadt und versuchte, mich zu erinnern, wo sich die Polizeistation befand. Auf dem Marktplatz begegnete mir eine Frau. Sie trug eine große Tasche, ihr langer Mantel schleifte beinahe auf dem Boden.

»Entschuldigen Sie, wo ist die Polizei?«

Die Frau zog die Tasche an die Brust und lief weiter. Nach zwanzig Metern drehte sie sich noch einmal um und rief: »Mit der Polizei hab ich nichts zu tun. Links, rechts, geradeaus.«

»Danke!«, rief ich zurück.

In der Polizeiwache war es warm und roch nach Kaffee. Ein müde wirkender Polizist saß im Empfangsbereich und tippte auf seiner Computertastatur herum. Er zeigte auf eine Reihe Stühle, die an der Wand standen, und bedeutete mir, mich kurz zu gedulden. Neben seinem Schreibtisch ging eine Tür ab, sie war aus Milchglas, und ich meinte, dahinter einen Gang erkennen zu können. Zu sehen war niemand. Über der Tür hing eine Uhr, deren Zeiger um kurz nach vier stehengeblieben waren. Ich rutschte ungeduldig an die Stuhlkante und guckte zu dem Beamten hinter dem Schreibtisch.

»Momentchen«, sagte er. »Ich hab's gleich.«

Kurz darauf begann der Drucker auf dem Fensterbrett zu rattern. Die Milchglastüre öffnete sich und ein weiterer Polizist steckte den Kopf in den Raum. »Bist du so weit, Norbert?«

»Yep«, machte Norbert und nahm die bedruckten Seiten aus dem Drucker. »Der Junge wohnt in der Ackerstraße, ein Eintrag wegen Sachbeschädigung. Sonst keine Vorstrafen.«

»Aber er war es doch gar nicht!«, platzte ich heraus. »Ich hab doch alles gesehen. Darum bin ich doch hier!«

Die beiden Polizisten sahen mich überrascht an. Ich machte insgesamt wahrscheinlich keinen besonders vertrauenswürdigen Eindruck, mit meiner dreckverschmierten Kleidung, dem aufgeschürften Unterarm und Tobis Fahrradlenker, den ich noch immer in der Hand hielt. Aber das war mir egal.

»Ich möchte eine Aussage machen oder wie das heißt.«

»So?«, machte der Polizist, der in der Milchglastüre stand. »Möchtest du das? Na, dann komm mal mit.«

Ich folgte ihm in den Gang hinter der Milchglastüre, und er führte mich in einen Raum, der aussah wie ein ganz normales Büro. Im Fernsehen sind die Verhörzimmer immer irgendwo im Keller, sie haben keine Fenster und an der Längsseite eine verspiegelte Glaswand, hinter der mindestens drei andere Kommissare stehen und dem Gespräch zuhören. Aber wahrscheinlich war es ja auch kein Verhör, das der Polizist mit mir führte, nachdem er mir einen Platz vor seinem Schreibtisch gewiesen hatte. Es war vielmehr ein ganz normales Gespräch.

Herr Scholl, so hieß der Polizist, hörte mir die ganze Zeit aufmerksam zu, und ich versuchte, ihm alles so zu erzählen, wie es gewesen war. Nur ein paar unwichtige Kleinigkeiten ließ ich aus, dass David auf den Zilpzalp getreten war zum Beispiel und wie er im Wald gesagt hatte, er würde auf mich aufpassen.

»Und was, glaubst du, hat Milad mitten in der Nacht in eurem Dorf zu suchen gehabt?«, fragte Herr Scholl, nachdem ich mit meinem Bericht fertig war.

Ich zuckte mit den Schultern. Das war eine Frage, die ich mir auch schon gestellt hatte.

»Gut«, sagte Herr Scholl. »Dann kannst du jetzt gehen.«

»Und Milad?«, fragte ich.

»Möchtest du deine Mutter anrufen, damit sie dich abholt?«

»Ich hab ihr schon Bescheid gesagt«, log ich.

Herr Scholl gab mir die Hand und begleitete mich bis zu der Milchglastüre, die in den Eingangsbereich führte. Der Polizist hinter dem Empfang war inzwischen eingenickt. Zurückgelehnt saß er in seinem Bürosessel und schnarchte leise vor sich hin. Ich setzte mich auf den Stuhl, auf dem ich zuvor schon gesessen hatte, und wartete. Worauf ich wartete, wusste ich nicht genau. Ich wollte nur jetzt auf keinen Fall nach Hause. Herr Scholl war wieder hinter der Milchglastüre verschwunden. Irgendwo dort war jetzt vielleicht auch Milad. In dem Gang hatte ich hinter einer der Türen Stimmen gehört. Aber es war unmöglich gewesen, zu sagen, ob eine davon ihm gehört hatte.

»Was machst du denn noch hier?«, fragte der Polizist hinter dem Empfangstresen und setzte sich ruckartig auf.

»Ich warte auf meine Mutter.«

»Ah«, machte der Polizist. »So.«

Er schaute in seine Kaffeetasse und stand dann auf, um sich Nachschub zu holen.

»Trinkst du schon Kaffee?«, fragte er, als er neben der Kaffeemaschine stand. Ich nickte, und er reichte mir eine Tasse mit dampfend heißem Kaffee. Ich rührte eine Menge Milch und Zucker in die schwarze Flüssigkeit und trank sie in winzigen Schlucken. Die Uhr über der Tür zeigte immer noch kurz nach vier. Ich hatte keine Ahnung, wie spät es mittlerweile wirklich war. Draußen wurde es langsam schon hell, fahles Morgenlicht fiel durch die Fenster in die Polizeiwache. Seltsamerweise war ich überhaupt nicht müde. Ich war nur vollkommen ruhig und irgendwie abwesend. Hier saß ich mit Herrn Abendschön und trank Kaffee. Der hieß wirklich so, der Polizist. Norbert Abendschön, so stand es auf einem kleinen Plastikschild neben seinem Computer.

»Langsam müsste deine Mutter aber mal kommen«, sagte er.

Ich zuckte die Schultern. »Sie wird schon kommen.«

»Ich ruf sie nochmal an. Nummer?«

Während ich noch überlegte, was ich sagen sollte, ging unten in der Polizeiwache die Tür auf, und jemand kam die Treppen nach oben.

»Na also«, sagte Herr Abendschön und legte den Hörer zurück auf die Gabel.

Es war aber nicht Baba, es konnte ja gar nicht Baba sein. Es war Sven Hofers Vater. Mit Sven Hofer im Schlepptau. Der Vater ging direkt auf den Empfangstresen zu und sagte: »Wir warten noch auf unseren Anwalt. Ich wollte nur, dass Sie anmerken, wir sind aus freien Stücken hier.«

»Aha«, machte Herr Abendschön. »Dann setzen Sie sich doch.«

Sven Hofer nahm am anderen Ende der Stuhlreihe Platz, möglichst weit weg von mir. Sein Vater blieb stehen. Sven Hofer sah in meine Richtung und machte den Mund auf. Dann überlegte er es sich anders und machte den Mund wieder zu.

»Dass man so blöd sein kann!«, zischte Sven Hofers Vater. »Ich glaub das einfach nicht. Weißt du, was morgen in der Zeitung steht? Alles, was ich aufgebaut habe – futsch. Meinst du, irgendjemand nimmt das *Komitee Besorgte Bürger* noch ernst, wenn herauskommt, dass mein Sohn ein Brandstifter ist?«

»Das hast du mir alles schon mal gesagt.«

»Ich kann es dir gar nicht oft genug sagen!«, schrie Sven Hofers Vater. »Du kapierst es ja anscheinend nicht.«

»Na, na«, sagte Herr Abendschön. »Schreien können Sie meinetwegen zu Hause, aber hier nicht, bitteschön.«

Sven Hofers Vater schnaubte, aber er sagte nichts mehr. Ein paar Minuten später traf der Anwalt ein. Er gab Sven Hofers Vater die Hand, und sie verschwanden zu dritt durch die Milchglastüre.

»Und wo waren wir beide stehengeblieben?«, sagte Herr Abendschön. »Richtig. Wir wollten deine Mutter anrufen.«

Ich nannte ihm Babas Telefonnummer.

Was blieb mir auch anderes übrig. Er musste es ziemlich lange läuten lassen – wenn Baba schlief, dann schlief sie. Irgendwann nahm sie aber doch ab, und nachdem sie fertig geflucht hatte, und Herr Abendschön sie davon überzeugt hatte, dass es sich nicht um einen Telefonstreich handelte, versprach sie, so schnell wie möglich auf die Polizeiwache zu kommen.

»So viel dazu«, sagte Herr Abendschön und legte den Telefonhörer auf. Er warf mir einen missbilligenden Blick zu, und ich wurde rot bis zu den Haarspitzen. Aber nicht wegen Herrn Abendschön, sondern weil sich in diesem Moment die Milchglastüre öffnete und Milad den Empfangsraum betrat. Er guckte mich an, und für einen Augenblick fiel ihm alles aus dem Gesicht. Er fasste sich jedoch schnell wieder, nickte mir zu und ging ohne ein Wort an mir vorbei zum Ausgang.

Vollkommen baff blieb ich noch ein paar Sekunden lang auf meinem Stuhl sitzen. Mein Gesicht brannte, als hätte jemand heißes Wasser darüber gegossen. Dann stand ich auf und rannte ihm hinterher.

45

Ein Ende, das gar kein Ende ist oder: Die Welt dreht sich wieder

»Milad! Warte doch mal.«

Er hatte den Parkplatz vor der Polizeiwache schon halb überquert. Ich konnte sehen, wie er zögerte. Dann drehte er sich um und kam zurück.

»Mats«, sagte er, als er vor mir stand. »Ich bin sehr müde.«

»Ja«, sagte ich. Mehr fiel mir nicht ein.

»Mehr fällt dir nicht ein?«

»Nein.«

»Na toll«, sagte Milad und setzte sich auf die Treppen vor der Polizeiwache. Ich setzte mich neben ihn, und wir sahen schweigend hinunter auf den Parkplatz und die umliegenden Häuser. Es war ein klarer kühler Morgen. Die Turmuhr der Stadtkirche schlug zweimal. Halb acht, überlegte ich.

»Okay, Mats«, sagte Milad. »Wenn du nichts zu sagen hast, dann geh ich jetzt nach Hause. Ich bin wirklich …«

»Warum warst du im Dorf?«, unterbrach ich ihn.

»Warum ich im Dorf war?«, rief Milad und seine Stimme überschlug sich fast. »Ist das eine ernstgemeinte Frage? Du hast per WhatsApp mit mir Schluss gemacht. Per WhatsApp! Nach allem, was wir zusammen gehabt haben. Ich wollte das einfach nicht glauben. Ich wollte mir dir reden. Aber okay. Ich hab's jetzt kapiert. Ich hätte es ja die ganze Zeit über schon wissen können. Du hast dich schon an dieser Weihnachtsgala so komisch verhalten.«

»Ich hab mich komisch verhalten? Wieso hab ich mich komisch verhalten?«

»Erstens hast du mich nicht eingeladen. Du wolltest überhaupt nicht, dass ich komme, du hast mich sogar angelogen und hast total abweisend reagiert, als ich da war. Zweitens bist du irgendwann einfach abgehauen, ohne dich zu verabschieden. Das hat mich fertiggemacht.«

»Ja, genau«, sagte ich. »So fertig, dass du dann noch ins Galaxy gehen musstest.«

»Die anderen haben mich überredet«, sagte Milad.

Er klang so feindselig, dass ich fast angefangen hätte zu heulen. »Im Galaxy hat Alex mir dann erzählt, dass du was mit David hast. Aber ich wollte es nicht glauben. Bis heute nicht. Schön blöd, oder?« Er lachte bitter und knibbelte ein bisschen Dreck von seiner Hose. Überhaupt sah seine Kleidung ziemlich schlimm aus. Er war von oben bis unten mit Schlamm beschmiert und roch, als käme er direkt aus einer Räucherkammer.

»Bist du deswegen mit ihr nach Hause?«, fragte ich. »Weil du gedacht hast, ich hab was mit David?«

»Hä?«, machte Milad. »Mit wem bin ich nach Hause?«

»Mit Alex.«

»Ich weiß nicht, mit wem Alex nach Hause ist. Wahrscheinlich mit Fabian. Als ich gegangen bin, hat sie zumindest mit ihm geknutscht. Ist mir auch scheißegal. Ich bin jedenfalls alleine nach Hause.«

»Aber …«, setzte ich an. Dann klappte ich den Mund wieder zu und sagte für eine ganze Weile lang gar nichts mehr. Zu beschreiben, was in diesem Moment in mir vorging, ist so gut wie unmöglich. Ich war unfassbar und grenzenlos erleichtert, gleichzeitig schämte ich mich wahnsinnig; ich weiß nicht, ob das jemand kennt, es ist eine ziemlich eigenartige Kombination.

»Fuck«, sagte ich schließlich.

»Ja«, sagte Milad. »Das bringt es ziemlich auf den Punkt.«

»Dann hast du gar nichts mit Alex gehabt?«

»Nein, verdammt!«

»O Mann …«

»Und du? Bist du jetzt mit David zusammen?«

»Spinnst du?«, rief ich. »Ich will nichts von David. Ich wollte noch nie was von ihm.«

»Ist das wahr?«

»Ja, verdammt!«

»O Mann«, sagte Milad und fuhr sich durch die Haare. »Wenn du wüsstest, was ich durchgemacht hab.«

»Ja«, sagte ich. »Frag mich mal.«

Milad lächelte, aber er guckte mich dabei nicht an, sondern sah geradeaus auf die Häuser der Stadt. Ich wusste nicht, was das alles zu bedeuten hatte. Wollte er mit mir zusammen sein oder war jetzt wirklich Schluss? Ich hätte ihn so unglaublich gerne umarmt. Aber ich traute mich nicht. Er saß direkt neben mir und trotzdem war er irgendwie ganz weit weg.

»Guck mal«, sagte er plötzlich. »Von hier aus kann man ja die Asylunterkunft sehen.« Er zeigte auf ein großes graues Gebäude auf der Anhöhe oberhalb der Stadt. »Ich hab nicht gewusst, dass man das von der Stadt aus so gut sehen kann.«

»Hä?«, sagte ich irritiert. »Na und?«

»Hat Hans dir gar nichts erzählt? Wenn die Asbestsanierung durch ist, darf ich da malen gehen.«

»Wie, malen gehen?«

»Hans hat mein Skizzenbuch ein paar Leuten von der Stadt gezeigt, die waren total begeistert. Es ist noch nicht hundertpro sicher, aber Hans meint, die Asbestsache ist so ein Imageschaden für die Stadt, die wollen sich mit der Renovierung jetzt richtig ins Zeug legen. Verstehst du? Die ganze Hauswand. Total legal. Vielleicht krieg ich sogar Geld dafür. Oder zumindest zahlt die Stadt die Spraydosen. Weißt du, was mein Vater gemacht hat, als ich ihm das erzählt hab? Er hat geweint vor Stolz.«

»Im Ernst?«

»Ja, wirklich. Er hat geweint.«

»Nein, ich meine, im Ernst, du darfst das wirklich machen?«

»Ja. Sieht so aus.«

»Wow«, sagte ich und betrachtete das Gebäude. »Du könntest Porträts malen von den Kindern, die da wohnen. Die ganze Hauswand voller Kinder. Das wär voll schön.«

»Ja«, sagte Milad und nickte. »Das ist eine Hammeridee.«

»Kostet fünfzig Euro.«

Milad grinste. »Geht klar.«

»Dass ich Schmiere stehe, ist jetzt wohl nicht mehr nötig, was?«

»Nötig nicht«, sagte Milad. »Aber du kannst es ja vielleicht trotzdem machen.« Er guckte mich an und zog eine Augenbraue nach oben, wie er das oft tat.

»Milad«, sagte ich. »Jetzt halte ich es nicht mehr aus.«

»Nee, ich auch nicht«, sagte Milad.

Und dann, endlich, endlich, endlich, küssten wir uns.

Unten fuhr jemand auf den Parkplatz und hupte. Wir hörten auf zu knutschen und sahen Baba, Hans und Omi, die im Auto saßen und grinsten wie drei Honigkuchenpferde.

»Na, ihr süßen Turteltauben?«, rief Baba aus dem Seitenfenster. »Dreht die Welt sich wieder?«

»Gleich«, sagte ich und dann küsste ich Milad noch einmal.

Inhaltsverzeichnis

DANK GEHT AN

Den Fachausschuss Literatur Basel-Stadt und Basel-Land für die Unterstützung.

Hannah Fosh, Marc Koralnik, Sara Engelmann, Gesine Pagels, Judith Weißenborn, Manuela Waeber, Nicola Stuart und Edmund Jacoby für den Blick, das Vertrauen und die Zusammenarbeit.

Ali und Anne-Catherine, ohne die es diese Geschichte nicht gäbe.

Meine Großeltern und Eltern, meine Runawaysiblings, meine Freunde & Freundinnen, meine Nachbarschaftsgang und meine Kinder – für das Leben und die Liebe und die Disko.